神奇柑仔店12

# 神祕人與駱駝輕鬆符

文 廣嶋玲子　圖 jyajya　譯 王蘊潔

目錄

# 序章

深夜時分，一個男人獨自坐在家庭餐廳的角落。他年紀很輕，但是臉上掛著自暴自棄的表情，還像老人一樣駝著背。他的眼神很凶狠，充滿了怨氣。

其他客人都不敢看他，就連服務生也盡可能遠離他，不看他一眼。因為只要和他對上眼，他就會無理取鬧的問：「你對我有意見嗎？」

這種人應該關在家裡別出來才對。

但是這個男人幾乎每天晚上都會來這家家庭餐廳，而且總是一個人喃喃自語，小口喝著平價咖啡，一坐就是很長的時間。

然而，這天晚上和平常不一樣。

有個客人向那個男人搭話。

「打擾一下，請問你是北島先生嗎？你是不是赫赫有名的美髮教主北島先生？」

「喔，好久沒有人用這個稱號叫我了，畢竟我現在變成了喪家犬北島。你是誰啊？」

北島看著對方。那個男人看起來五十多歲，穿了一身很高級的西裝，臉型消瘦，言談舉止很溫柔，看起來像是銀行的分行經理，不對，很像是經營當舖多年的老闆。

男人露出燦爛的笑容說：

「我是誰並不重要，我比較想聽你的故事。剛才聽到你說的話很有意思，你說你跌落美髮教主的神壇，以及之後發生車禍，全都是因為某家柑仔店嗎？」

「沒錯！就是這樣！」

北島蒼白浮腫的臉，因為憤怒而漲得通紅。

「可惡！都是那家柑仔店害的！那家柑仔店毀了我的人生！如果沒有吃那裡的零食，我、我、我現在一定是成功的美髮師！」

「可以請你跟我說這個故事的細節嗎？」

「你想聽我的故事？」

「對，我洗耳恭聽。」

「只要你請客，我就告訴你。」

北島舔了舔嘴唇，露出一副窮酸相。於是，男人遞給他一張一萬元紙鈔說：

「如果不夠，我可以再給你。請你告訴我事情的經過，要從頭開

始說。你是怎麼找到那家柑仔店的？然後你買了什麼東西？」

北島搶過一萬元紙鈔，開始滔滔不絕的說了起來。

# 1 駱駝輕鬆符

「嗚嗚，好、好冷！」

大地渾身發抖，吐出來的氣都變白了。

現在的氣溫接近零度。一方面是因為晚上的關係寒風刺骨，手指和腳趾都凍僵了，耳朵和鼻子也痛死了。

大地看向前方，前面大排長龍，隊伍根本沒有前進。

大地不耐煩的對站在身旁的爸爸說：

「我可以先回家嗎？現在哪有人會在新年來神社參拜啊？早就不流行了。」

沒錯，在這新年之初，大地和家人一起來住家附近的神社參拜。每個人的臉上都帶著期待的表情，好奇新的一年會是怎樣的一年，只有大地一個人板著臉。

大地目前是即將要上高中的國中三年級學生，花了很長的時間為高中會考做準備。他在補習班苦讀，爸媽也禁止他和同學出去玩。

大地的壓力越來越大。他原本就不喜歡讀書，他不懂為什麼自己還要這麼努力做根本不喜歡的事呢？他覺得自己快瘋了。

但是爸爸和媽媽不斷給他壓力，整天都說「你應該可以更努力」、「在高中會考之前暫時忍耐一下，反正你現在必須好好用功」這種話。

明明平常都說「你不可以浪費一分一秒的時間」，結果今天卻硬是帶大地出門來神社參拜。他覺得爸爸、媽媽都只想到自己，所以越來越心煩。

「爸，可以嗎？與其在這裡排隊，還不如回家好好用功讀書，這樣不是對考試更有幫助嗎？」

「你在說什麼鬼話！」

爸爸露出可怕的表情，「今天是新年，是新的一年開始的第一天！這麼喜慶的日子，怎麼可以不向神明拜年？」

「對啊，而且你要好好拜託神明，讓你可以考上第一志願。」媽媽也在一旁幫腔，大地感到很掃興。

「什麼嘛！他們平常根本不會多看神社一眼，有事的時候才來求神，神明絕對也懶得理會這種人。」大地心想。

「萬一我感冒了，就是你們的錯。」大地生氣的嘀咕後，低下了頭。

隊伍慢慢前進，終於輪到大地了。雖然參拜有很多規矩，但大

地很想趕快拜完就好。他投了香油錢，搖了搖垂下來的大鈴鐺，然後雙手合十。

「希望我可以輕鬆考上高中，從此以後輕鬆自在。」

他小聲說出浮現在腦海裡的心願，然後抬起頭，正準備轉身離開的時候，有一樣金色的東西進入了他的視野。

「嗯？」

大地懷疑自己看錯了。

那裡有一隻金色的小貓，差不多是可以放在手掌心的大小。金色小貓從功德箱內竄出來，簡直就像老鼠一樣，才一溜煙的工夫，

就跑到了神殿的後方。金色小貓像人類一樣，用兩條後腿奔跑，腋下還夾著一枚一百元硬幣。

「那個……不是我投的香油錢嗎？」

大地覺得那枚硬幣好像是自己剛才投的。

等他回過神時，才發現自己已經邁開了步伐。大地的爸爸、媽媽看到他撥開人群不知道走去哪裡，急忙叫住了他。

「大地！」

「你要去哪裡？」

「我馬上就回來，我看到朋友了。」

「是嗎？我們去旁邊的商店買甜酒和破魔箭。」

「好！」

大地頭也不回的大聲回答，滿腦子都想著那隻金色小貓。

「一定要找到那隻神奇的小貓。如果可以的話，希望能抓住牠。」

大地穿越人群，終於來到了神殿後方。

神殿後方很昏暗，四周靜悄悄的，難以相信不遠處還擠滿了人。

大地覺得自己好像闖入了另一個世界。

雖然內心有點不安，但他還是東張西望的尋找小貓的身影，接

著他又嚇了一跳。

他發現後方的樹林前面有一個小攤位，木製的攤位上綁了一個大燈籠，燈籠的圓圈中寫了一個「錢」字。攤位上放滿了五彩繽紛的零食和玩具，有「喜慶鯛魚燒」、「結緣飯糰」、「財運蘋果」、「指引卡」、「慶祝派」、「大大大福」、「繪馬仙貝」，看起來都是很吉利的東西。

有個阿姨站在攤位旁，她穿了一件古錢幣圖案的紫紅色和服，圍著發出光澤的黑色毛皮圍巾。她的身材很高大，可能比大地還高出一個頭。

那個阿姨臉頰圓潤，擦著紅色口紅的嘴唇很嬌豔，不過卻有著一頭白髮。她雪白的頭髮閃耀著光芒，即使在黑暗中也能看得一清二楚，就連插在頭髮上的玻璃珠髮簪也閃閃發光，看起來不像普通人，大地能感覺到她的不同尋常。

大地忍不住想要往後退，但是卻再次大吃一驚。剛才那隻金色小貓就坐在她的肩上，拿著一百元硬幣正在向大地招手，叫他「過來，過來」。

大地搖搖晃晃的走上前，等他回過神時，才發現自己已經站在阿姨的面前。近距離觀察，發現阿姨看起來身形更加高大，而且很

有威嚴。阿姨對害怕的大地笑著說：

「歡迎光臨，新年的幸運客人。」

阿姨吐著白氣，說了很奇怪的話。

「我正在這裡等候你的到來，請問你的心願是什麼？雖然這只是個攤位，但『錢天堂』一定有可以讓你滿意的商品。來吧，這裡什麼都有，想要什麼都沒問題。」

阿姨似乎是負責這個禮品攤位的人，說什麼「心願」、「什麼都有」，未免太誇張了。

如果是平常的大地，他一定會故意和別人作對，用狂妄的語氣

說：「那就讓我征服世界啊，你不是可以讓我滿意嗎？」

但是，今天他不想搗蛋，還難得的坦誠說出自己的心願。

「我下個月八號要高中會考，但我不想再讀書了，希望可以輕鬆

考上第一志願。」

話一說完，大地的臉就紅了起來。

「我在說什麼啊，這個阿姨一定會笑我，說我太沒出息了，竟然

有這種心願。」大地心想。

不過阿姨並沒有笑他，她一臉嚴肅的點了點頭說：

「原來是這樣，你下個月八號要考試……那麼你覺得這個商品怎

「麼樣？」

阿姨說完，熟練的從攤位上拿起某個東西，遞到大地面前。

那是一張大小跟手掌差不多的符紙。長方形的符紙上用很粗的字寫著「駱駝輕鬆符」，字的下面畫了一隻咧著嘴笑的駱駝，牠像釋迦牟尼佛一樣盤腿坐著，而且塗成金色的駱駝有一種喜慶的感覺。

「這是『駱駝輕鬆符』，只要把想要輕鬆做、輕鬆完成的事寫在背面，你的心願就可以實現。我認為這是最適合你的商品，你覺得呢？」

大地目不轉睛的看著阿姨遞給他的「駱駝輕鬆符」，心臟撲通

撲通的跳動。

「這是什麼啊？不就是一張普通的紙嗎？」

奇怪的是，他越是這麼想，就越想要這張「駱駝輕鬆符」。

「不行，我很想要這個！我要買！」

大地努力克制自己差點脫口而出的渴望，小聲的問：

「我要買，這個多少錢？」

「錢已經收了。」

「咦？」

「你看，就是這個。」

阿姨指著肩上的金色小貓，那隻小貓仍然抱著那個一百元硬幣。

「這是你剛才投進功德箱的錢，昭和五十年的一百元硬幣，是今天的幸運寶物。」

「喔、喔，是這樣啊。」

雖然大地搞不太清楚，但還是點了點頭。

「對了，謹慎起見，還是要問你一下。我可以收下這枚硬幣，作為你實現心願的費用嗎？」

「可、可以啊，這個『駱駝輕鬆符』是我的了，對不對？」

「對，當然。只不過輕鬆未必是幸運，人生有苦也有樂，希望你

仔細思考這句話，妥善運用這張符。」

「嗯，我知道，我知道了。」

大地急忙說完，接過了「駱駝輕鬆符」，根本沒有認真聽阿姨說的話。

不知道為什麼，他覺得這張「駱駝輕鬆符」很有威力。雖然明知道不可能，但總覺得自己的心願真的可以實現。

大地覺得自己好像在做夢，他和爸爸、媽媽會合後，就這樣回到了家裡。

直到走進自己的房間，他才從口袋裡拿出「駱駝輕鬆符」。即

使在光線明亮的房間裡，「駱駝輕鬆符」看起來依然散發著魔力的光芒，而且感覺比剛才更有威力了。

「拜託了，一定要讓我考上高中！因為我不想再繼續用功了！」

大地帶著虔誠的心，在符紙背面寫了「輕鬆考上！」這幾個字。

寫完之後，他內心的焦慮感立刻消失了。

他原本打算要開始背歷史事件的年代內容，雖然很不想背這些東西，但如果不背起來，考試就傷腦筋了。

明明知道結果會這樣，卻莫名有種「即使不背也沒有關係」的感覺油然而生。

不再繼續用功讀書也沒問題，就算不努力，感覺自己也可以考上第一志願。不對，是絕對會考上。

大地一下子鬆懈下來，從那天之後，便不再為考試做準備。

「我要讀書，你們不要來吵我。」他對爸爸、媽媽這麼說，躲在自己房間裡悠閒的看漫畫、玩遊戲。

如果是平時，他一定會覺得「這樣似乎不太好，差不多該讀書了」，但是不知道是不是有「駱駝輕鬆符」的關係，他一點焦慮和不安的感覺都沒有。

考試的日子終於到了。

大地看著發下來的國文考卷，立刻臉色發白。考試題目比他想像得更難，而且他已經超過一個半月沒有讀書，所以心更慌了。

『駱駝輕鬆符』，拜託了！幫幫我！」

大地一邊在內心發出尖叫，一邊拿起了鉛筆。

下一剎那，他大吃一驚，因為他的手自己動了起來，在答案卷上填寫答案。雖然他不知道自己在寫什麼，卻清楚知道那就是正確答案。

「太猛了！」他忍不住小聲嘀咕。

接下來是考英文和數學，同樣的事情再次發生了。大地完全不

知道考題的答案，但是他的手卻自動寫上了解答。

大地成功考上第一志願，順利進入高中就讀。爸爸和媽媽都大力稱讚他，為他感到高興，大地得意極了。

「嘿嘿，我真是買到了好東西。『駱駝輕鬆符』，以後也拜託了！」

大地把「駱駝輕鬆符」放在書包裡，作為自己的護身符。

他的高中生活很愉快，交到了新朋友，也開心的參加了足球社。沒有社團活動的日子，他會和同學一起玩遊戲、逛街，每天都

過得很充實。

這樣不是沒有時間讀書嗎？他當然不可能有時間讀書。

「沒關係，反正我有『駱駝輕鬆符』。」大地想。

大地把所有時間都花在玩樂和發懶，上課時也偷看漫畫或是睡覺，有時候還會翹課。當然放學回家之後，他也整天都在玩。

然後……

第一次期中考的日子來臨了。

大地打著呵欠坐在自己的座位上。他前一天上網到很晚，現在連眼睛都睜不開了，很想要睡覺。他打算趕快寫完考卷再睡一下。

他這麼想著，連考卷的題目都沒有看，就拿起了自動鉛筆。

但是他等了很久，手卻完全沒有動靜，一動也不動的僵在半空中。

「不會吧！怎麼會有這種事？」

大地緊張起來，一下子捏右手，一下子甩手，試圖讓右手自動寫考卷。

但是，不管他用什麼方法都沒有效。

在考試時間只剩下十五分鐘的時候，大地才察覺「駱駝輕鬆符」今天似乎沒有發揮威力。所以……

「慘、慘了！」

大地急忙開始閱讀考題。

下一節的考試也一樣，大地只能冒著冷汗，努力自己寫考卷。

考試成績當然慘不忍睹，他從來沒有考過這麼差的成績。

爸爸、媽媽大發雷霆，大地只能拚命的辯解。

「這次我身體不舒服，期末考一定可以考好，我向你們保證。」

總算平息父母的怒氣後，大地開始認真的思考起來。

這到底是怎麼回事？高中會考的時候那麼順利，為什麼「駱駝輕鬆符」突然失靈了？這樣下去不行，一定要去找賣「駱駝輕鬆符」

給自己的阿姨問清楚。

大地前往新年參拜的那家神社，但是既沒有看到那個阿姨，也沒有看到放滿零食的攤位，即使問了神社的人，他們也說「不認識這個人」。

大地決定上網查一下。那個阿姨的外型很引人注目，賣的零食也很稀奇，一定有人認識她。

「我要找一位一頭白髮，穿著紫紅色和服的阿姨。她的身高應該超過一百八十公分，賣一些奇特的零食和玩具，如果有人看到她，請和我聯絡。」

他在網路論壇留言，不到一個小時就收到了回覆。

「你好。你要找的那個女人，是不是稱自己是『錢天堂』的『紅子』呢？她說話的語調有點奇怪，有點咬文嚼字的感覺？如果是的話，那我和你在找的應該是同一個人。」

大地激動不已，急忙回覆了留言──

「沒錯！聽你這麼一說，我想起她的確說過『錢天堂』，而且說話也是咬文嚼字的。你也在找她嗎？」

對方也立刻傳來回覆。

「果然是同一個人。沒錯，我一直在找她。你是在哪裡遇到她

的？買了什麼？我想和你交流一下彼此了解的情況，可不可以約個時間見面？」

「可以啊！啊，但是要在哪裡見面？我們住的地方可能離很遠。」

「沒關係，請你指定一個地點，無論是在哪裡，我都可以去找你。」

於是，大地和對方約在自己住家附近的家庭餐廳見面。

星期天中午十二點，一個身穿西裝的紳士準時出現。他的年紀大約五十歲，看起來穩重瀟灑，是一個很有魅力的銀髮大叔。

那個人走到大地面前，笑容滿面的自我介紹：「你好，我姓六

條。」

大地有點驚慌失措，因為他沒想到對方是年紀這麼大的大叔。

「六、六條先生，你也在找那個阿姨嗎？你是不是買了什麼零食，然後失效了？」

「不、不是，我從朋友那裡聽說了『錢天堂』的事，覺得既然有這麼神奇的零食，也很想要買，但是我找了很久都找不到『錢天堂』在哪裡。看來是有什麼特殊的規定，才能夠找到那家店。」

六條先生說，他為了了解這件事，到處向曾經去過「錢天堂」的人打聽消息。

「那你現在知道了嗎？請你把方法告訴我。」大地也想知道找到

錢天堂的方法。

「很遺憾，我現在還不知道怎麼去錢天堂，因為線索太少了。可

不可以請你告訴我，你是怎麼遇到那個老闆娘的？你買了什麼？希

望你能詳細的說明。對了，你還沒有吃午餐吧？你可以點你想吃的

食物，隨便點什麼都沒問題，當然是我請客。」

「可以嗎？太好了。」

大地點了最貴的牛排套餐和點心，在料理送上來之前，他向六

條先生說明了大致的情況。

他在新年去神社參拜時，一隻金色小貓拿走了自己投的香油錢。

他追著那隻金色小貓來到神殿後方，發現那裡有一個攤位，一個滿頭白髮的阿姨站在那裡，並且叫他「幸運的客人」。

六條先生用小筆電記錄了他說的所有情況，臉上的表情嚴肅得不得了。

「嗯，原來是這麼一回事。我第一次聽說『錢天堂』還有攤位，嗯，你提供的消息很有價值。大地，真的很感謝你。」

「我也有一件事想要向你請教。」

「什麼事？」

「雖然問你好像有點奇怪，但你覺得我的『駱駝輕鬆符』為什麼會失靈呢？」

「這個嘛，」六條先生抱著雙臂，「根據我聽說的情況，錢天堂的商品都有副作用。」

「副、副作用？」

「雖然有魔法般的神奇效果，但是每一樣商品都有必須遵守的規定，一旦破壞了規定，就會產生副作用。」

「但、但是我根本沒有破壞任何規定啊！」

「真的嗎？你有沒有把『駱駝輕鬆符』帶在身上？如果你不介

意，可不可以給我看一下呢？」

「好、好啊。」

六條先生仔細檢查大地交給他的「駱駝輕鬆符」，然後微微微笑了笑說：

「嗯，應該是這個。」

「什、什麼？」

「你仔細看一下。你看，在『輕鬆考上！』的下面，不是寫了『二月八日』嗎？」

「啊！」

大地忍不住發出驚訝的叫聲。

沒錯，自己的確有寫下這個日期，因為只寫「輕鬆考上！」四個字讓他很不安，所以才又加上了考試日期「二月八日」。他在六條先生提及的這一刻之前，都把這件事忘得一乾二淨。

大地陷入一片茫然，不過六條先生似乎很開心，他很高興自己解開了謎團。

「原來如此，二月八日是你高中會考的日期吧？也就是說，這張符紙只在二月八日那一天有效，對其他日子的考試完全無法發揮任何效果。這並不是副作用，而是你自己造成的結果。」

鏘！大地感覺有個銅鑼在腦袋中響了起來。

他臉色發白，全身不停的發抖。

「我怎麼會做這麼蠢的事？」大地哭喪著臉，看著六條先生。

「我、我該怎麼辦？」

「你如果不想留級，就只能自己好好讀書了。」

「留、留級！要重讀一次高一嗎？」

「如果你繼續荒廢課業，一定會變成這樣的結果。我該告辭了，我還約了別人見面，你可以慢慢享受牛排和點心。對了，你可以把『駱駝輕鬆符』留著，如果大學會考的日子剛好也在二月八日，一定

可以發揮作用。」

六條先生說完，便走出了家庭餐廳。

「怎麼會這樣……如果留級，爸媽會殺了我。」

這時，在滿頭大汗的大地面前，牛排套餐送了上來，但是他完全沒有食慾。

那天之後，大地開始用功讀書，但他之前整整三個月放棄課業，上課也沒有認真聽，所以對所有的科目都是一知半解。

再加上這所高中的水準很高，也就是說，憑大地原本的實力很

難考上這所學校，所以要追上大家的進度非常辛苦。

但是大地無論如何都不想留級，於是他認真讀課本，幸好在期末考時勉強超過了全班的平均分數，應該可以順利升上二年級。

大地鬆了一口氣，整個人趴在桌上。

他快累死了。這陣子太用功，感覺腦汁都被榨乾了，簡直變成了殭屍。

「可惡⋯⋯我、我再也不要體驗這種事了，下次一定不會這樣了。下一次⋯⋯下一次⋯⋯」

大地暗自下定決心⋯⋯

隔年元旦，大地又去了那家神社。

他把口袋裡的所有零錢都投進功德箱，然後合掌默默祈禱。

「請讓我再見到那位神奇的阿姨！再給我一次機會買『駱駝輕鬆符』，這次我一定會妥善運用，我會寫上『一輩子讀書都很輕鬆』，拜託實現我的願望！」

這名少年完全沒有汲取教訓，在後方的參拜者推開他問：「你好了沒有！」之前，他一直拚命祈禱著。

吉井大地，十六歲的少年。昭和五十年的一百元硬幣。

# 2 鸚鵡幣

十一歲的藍花很愛看電視，特別是搞笑節目和綜藝節目，她經常看得哈哈大笑。

但是，她漸漸覺得光看電視不過癮，尤其是看到和自己年紀相同的少年、少女被吹捧為「天才某某同學！」或是「驚人特技高手！」在電視上露臉時，她就覺得很羨慕。

藍花想：「我應該沒辦法成為猜謎大王或是樂器天才……但是

搞不好可以成為諧星或是模仿高手，順利的話，我搞不好也可以進軍演藝界。」

於是，她開始自己想搞笑的橋段，模仿諧星。

可悲的是，藍花屬於那種雖然喜歡搞笑，卻沒有慧根的人。她想出來的橋段一點都不好笑，而且模仿得也不像。

「你不適合，我勸你還是放棄吧。」

就連好朋友泉美也這麼說，藍花聽了很沮喪。

「真希望自己有一項特技。只要有一項特技，應該就可以上電視了。我想要擁有才華，無論如何都想要。」

藍花沒有放棄，她放學後獨自在校園角落拚命想搞笑的橋段。

「哇，我從沒吃過這麼好吃的拉麵！簡直是神級拉麵。咦？這是麵線？哎呀，我真是面紅耳赤！嗯，好像不太好笑，我想要更好笑一點。」

這時，她聽到後方傳來窸窸窣窣的動靜。

回頭一看，有一隻很大的黑貓出現在那裡。黑貓有一雙漂亮的藍眼睛，身上的毛也很有光澤，讓人看得入迷。

藍花原本就很喜歡貓，所以她一眼就愛上了那隻貓。

「我想摸摸牠、抱抱牠。對了，要不要模仿貓叫聲把牠叫來這

裡？我之前練習過貓叫聲，搞不好會成功。」藍花心想。

「喵啊啊嗚，喵啊啊喵啊啊。」

藍花盡可能的學貓叫，想要引來那隻黑貓。

黑貓似乎嚇了一跳，吃驚得瞪大了眼睛。

成功了嗎？

藍花高興得太早了，黑貓一轉身，就越過學校的圍牆離開了。

「啊！等、等一下！」

藍花跳起來趴在圍牆上看，發現黑貓在不遠處回頭看著自己，

而且牠緩緩搖著尾巴，好像在說「你跟我來」。

於是，藍花也翻過了圍牆。

黑貓再度邁開步伐，而且還不時的回頭看藍花。他們過了馬路，走進一條小巷子。沒錯，這隻貓真的是打算帶藍花去某個地方。

藍花興奮的追著黑貓。

他們在那條安靜的小巷內不知道走了多久，才看到一家小店。

那家店的門上掛著一塊舊舊的木招牌，上面寫著「錢天堂」三個字，店門口擺放著許多從來沒有見過的零食。

「哇，好棒……」

藍花忍不住看著那些零食出了神。

「回家蛙」、「你儂我儂紅大頭菜」、「雷荔枝」、「置之不理蛋

糕」、「明目肉桂」、「靈感豆沙苞」、「晴天檸檬糖」、「吵架劍球」、

「貴族棉花糖」、「複製花生」、「再見派」。

當藍花回過神時，才發現那隻黑貓不見了。「牠一定是進去這家

店了。」藍花這麼想著，決定走進這家店看看。

「打、打擾了。」

她一踏進店內，立刻驚訝得說不出話來。

店裡擺滿了琳瑯滿目的誘人零食和玩具，無論她向左看還是向

右看，那些色彩鮮豔彷彿具有魔力的閃亮零食不斷映入眼中，藍花

興奮得簡直無法呼吸。

剛才那隻黑貓，現在坐在店裡的阿姨肩上。藍花看到那個阿姨，再度驚訝得說不出話。

這個阿姨身材很高大，雖然像奶奶一樣滿頭白髮，但是看起來很年輕。她穿著一件紫紅色和服，頭髮上還插滿了髮簪。

阿姨散發出很強大的氣勢，光是站在那裡就吸引了藍花的目光。

如果她上電視，一定會很引人注目。

在想著這些事的藍花面前，那個阿姨把頭靠向肩上的黑貓，好像在和黑貓說話。

阿姨用力點了幾次頭，然後愉悅的小聲嘀咕：

「原來是這樣啊，那真的會嚇一跳呢。謝謝你帶客人回來，不愧是墨丸，功勞不小、功勞不小喔。」

阿姨搔著黑貓的喉嚨，轉頭看向藍花，她紅色的嘴脣露出了笑容。

「今天的幸運客人，歡迎你來到『錢天堂』，紅子在這裡恭候大駕。」

「啊？呃、那個、我……不是客人，只是跟著那隻貓過來這裡……」

「呵呵，墨丸是『錢天堂』的店貓，牠發現了幸運的客人，所以才帶你來這裡。不過你剛才突然問牠：『有沒有尿尿？』牠有點被嚇到了。」

「咦？」

藍花用力眨了眨眼睛，瞬間滿臉通紅，因為她發現那個阿姨在說她剛才對著貓叫的事。

「這個阿姨太壞心眼了，竟然躲在暗處看我學貓叫，還說什麼尿尿，真是沒禮貌！」

藍花覺得既丟臉又憤怒，但是她沒有逃走。因為在她逃走之

前，阿姨就站了起來，從貨架上拿出某個東西遞到她面前。

「我想你應該會喜歡這款零食。」

藍花一看到阿姨手上的東西，害羞和憤怒就完全消失了。她目不轉睛的看著那個東西。

那是一枚金色的硬幣，比五百元硬幣大兩倍，就像是獎牌一樣，上面印了很多圖案，中間是一隻戴著皇冠的鸚鵡側臉。

「這是『鸚鵡幣』，只要吃了這個，就可以像鸚鵡一樣很會模仿。裡面是巧克力，味道也很讚喔。」

藍花聽了這個阿姨甜美的聲音，感到有點頭暈目眩。

「『鸚鵡幣』！名字也很好聽呢！而且吃了之後就能變得很會模仿？」藍花很感興趣的問：「真、真的會變模仿高手嗎？」

「真的，我可以保證。」

「要多久？要多久才能夠上電視？」

「只要你妥善運用，上電視根本不是問題，但是你要好好看鸚鵡幣背面寫的內容。」

阿姨向她補充說明，但是藍花根本沒有聽進去。阿姨把「鸚鵡幣」遞到她的面前，她的眼中只剩下了「鸚鵡幣」。

「這要多少錢？」

「十元，請你用昭和二十九年的十元硬幣支付。」

「昭和二十九年⋯⋯我、我不知道有沒有。」

「你一定有。」

「萬一沒有怎麼辦？」藍花著急的看著皮夾。阿姨說得沒錯，裡面剛好有昭和二十九年的十元硬幣。

「阿姨該不會有透視眼吧？」

藍花覺得很有可能，就這樣用十元硬幣得到了「鸚鵡幣」。

「太好了。」

藍花手舞足蹈的衝出柑仔店，她原本打算直接跑回家，但是中

途停下了腳步。

她等不及了，決定現在就要把零食吃掉。只要吃下肚子，它就不會遺失，也不會被別人搶走，這樣「鸚鵡幣」就完全屬於自己了。

「這是我的，這是屬於我的。」

她折下了包著「鸚鵡幣」的金紙，裡面是一塊濃醇的深色巧克力，一看就知道美味可口。她把折下的金紙揉成一團丟到一旁，然後把巧克力放進了嘴裡。

巧克力濃郁的香甜滋味在口中擴散。

該怎麼形容這種美味呢？既有堅果的香氣，又有蜂蜜的濃醇，

而且還有肉桂、肉豆蔻、牛奶糖和其他好幾種味道複雜的交織在一

起，慢慢的在她的舌尖上融化。

即使吃完巧克力，藍花依然陶醉在那股美味的幸福之中。

「咦？」

等藍花回過神的時候，才發現自己已經回到了房間。

「我完全想不起來……我是什麼時候回家的？我真的會成為模仿

高手嗎？」

「試試看就知道了。」藍花決定模仿自己最喜歡的諧星「金絲

雀」。金絲雀是一個胖大叔，總是穿著很花俏的衣服，用女生的口吻

說話。他的聲音很有特色，機械式的高亢聲音簡直就像是機器人一樣。大家都覺得他用這種像是鳥叫的聲音說話很有趣，所以很受觀眾歡迎。

「好，不知道能不能成功。」

藍花先做了個深呼吸，然後張開了嘴。

「討厭啦，你說我像小鳥？那是當然的啊，你看不出來嗎？我是金絲雀啊，就是小鳥沒錯。雖然外表看起來不像金絲雀，比較像是水豚。等等，誰是水豚啊！」

藍花滔滔不絕的說著金絲雀的拿手段子，高亢的聲音和連珠砲

般的速度，再加上微妙的抑揚頓挫，簡直就和金絲雀一模一樣。

藍花興奮得跳了起來。

「嗚哇，不會吧、不會吧！太厲害了！簡直就像是金絲雀本尊耶！」

隔天，藍花在學校馬上展現了自己的新能力。

班上同學聽到藍花說話的聲音和諧星金絲雀一模一樣，紛紛靠了過來。

「好厲害！一模一樣！」

「你也太強了吧！」

「你再多模仿幾句。」

「嘿嘿，當然沒問題，但是只模仿金絲雀你們也會聽膩吧？你們

可以隨便點名，我可以模仿任何人。」

藍花挺起胸膛這麼說。她昨天試了很久，知道自己可以模仿所

有的人。

同學紛紛提出了要求。

「那你模仿『乒乓衝突』！」

「還有『蘇珊大嬸』！我很喜歡她。」

「我喜歡棒球選手岡田！你模仿一下岡田的口頭禪。」

藍花回應同學的要求，模仿了一個又一個名人。聽到大家說她「太厲害了」的稱讚，讓她十分得意。

但這不過是小試身手，她打算報名參加「全國各地超猛小學生大會」的節目。藍花現在應該可以輕鬆進入決賽，而且早晚會在電視上走紅。

這時，有個同學說：

「那你模仿一下動物。」

「這計畫太完美了。」她忍不住在心裡竊笑。

「啊，好啊！那我來模仿貓咪？」

「貓我也會模仿啊，要模仿就模仿更高難度的。」

「獅子？大象？」

「蛇呢？你會模仿蛇發出的咻咻聲嗎？」

「這應該很難吧。藍花，你說對不對？」

聽到別人說很難，藍花哼了一聲說：

「蛇嗎？那我來試試看。」

藍花在腦海中想像著蛇的模樣，然後張開了嘴巴。

一個星期之後，藍花垂頭喪氣的坐在長椅上。這張長椅位在有

點像小公園的地方，但是周圍有淡淡的消毒水味道。

這也難怪，因為這裡是醫院的中庭。

雖然天氣晴朗，但是藍花的內心一片黑暗。

「為什麼……會變成這樣？」

她小聲嘀咕的聲音又尖又扁，好像是機器的聲音。

沒錯，藍花現在只能發出像是機器人的聲音。

她再次從頭開始回想。她吃了「鸚鵡幣」後，幾乎就要成為班上的人氣王了，沒想到模仿的能力卻突然消失。不僅如此，她還失去了原本的聲音，現在只能用這種奇怪的聲音說話。

父母帶驚慌失措的藍花去很多醫院檢查，但是無論去哪一家醫院，醫生都說查不出原因。

不對，藍花知道原因，會這樣都是「鸚鵡幣」害的。因為自己吃了「鸚鵡幣」，才會失去原有的聲音，只是她不知道其中的原因。

「那家柑仔店的阿姨應該會知道。」

藍花說出「鸚鵡幣」的事，要求大人幫忙尋找「錢天堂」柑仔店，但是醫生和家人都不相信她的說法。「簡直莫名其妙，怎麼可能因為吃了零食聲音就變了呢？不可能。」

於是父母安排藍花住院做精密檢查，但是藍花覺得根本沒有用。

「嗚嗚……」

她拚命的忍著淚水。

「打擾了，請問你是藍花嗎？」

一個身穿西裝，看起來文質彬彬的叔叔用溫和的聲音問道。這家醫院的

「你、你是誰？」

「啊，你不必害怕，我姓六條，正在進行某項研究。這家醫院的

某位醫生剛好是我學弟，他跟我說你好像去了名叫『錢天堂』的柑

仔店……你是不是去了那家神奇柑仔店？」

「這個人知道『錢天堂』的事！他相信我的話！」藍花這麼想

68

著，覺得終於找到了了解自己的人，於是用力點頭回應。

自稱是六條的男人，興奮得雙眼發亮。

「你願意告訴我，你是怎麼去到『錢天堂』，然後又買了什麼嗎？不瞞你說，我正在調查『錢天堂』的零食，聽說那些零食都有神奇的力量，我想要了解這些零食的結構和成分，或許可以幫上你的忙。」

「這個意思是可以把我治好嗎？我有可能恢復原來的聲音嗎？」

藍花充滿期待，詳細說明了自己去「錢天堂」的事。

六條先生在藍花身旁坐了下來，專心的聽她說話。當他聽說藍

花買了「鸚鵡幣」時，明顯露出了失望的表情。

藍花頓時感到不安。

「請問，我是不是說了什麼不該說的話？」

「咦？不是不是，不是你想的那樣。不好意思，因為你買的零食

我之前有聽別人說過，我原本希望能了解我不知道的零食。」

藍花瞪大了眼睛。

「除了我以外，還有其他人買了『鸚鵡幣』嗎？」

「對啊，搞不好你也認識那個人。你不要說出去，就是最近經常

在電視上出現的諧星金絲雀。」

「金、金絲雀！」

「對，他之前也吃了『鸚鵡幣』。起初他可以自由變換各種不同的聲音，所以成為了小有名氣的模仿諧星，但是他不小心模仿了蛇的叫聲，結果就變成現在那種像機器人的聲音。」

「蛇的叫聲……」

「他後來才知道，包在『鸚鵡幣』外頭的金色包裝紙上有寫注意事項，說絕對不可以模仿蛇的叫聲。因為蛇是鸚鵡的天敵，一旦學蛇叫，聲音就死了……我猜你應該也是因為相同的原因，才會變成現在這樣吧？」

72

六條先生瞥了一眼茫然的藍花，從長椅上站了起來。

「謝謝你，雖然是我已經知道的零食，但你的經歷提供了很多參考資料，那我就告辭了。」

「等、等一下！那、那我的聲音呢？」

「很可惜，目前還沒有找到恢復原來聲音的方法。我向你保證，如果我知道解決辦法，一定會通知你。」

六條先生似乎對藍花失去了興趣，他用冷淡的聲音說完，便快步從中庭離去。

藍花獨自坐在長椅上，感到渾身無力。

金絲雀竟然也吃了「鸚鵡幣」……真是完全沒有想到。

「但是……他並沒有認輸。」

變成奇怪的聲音，金絲雀一定受到很大的打擊，但是他並沒有

因為這樣就把自己關在家裡，反而把那個聲音變成自己的特色，在

演藝界獲得好評，成為了當紅的諧星。

藍花突然打起了精神。

「在那個六條先生找到治療方法之前，我要好好利用現在的聲音。既然金絲雀能成功，那我也一定可以。」

「我可以試著用『小金絲雀』的名字當諧星。」

藍花開始認真思考未來的事。

大野藍花，十一歲的女孩。昭和二十九年的十元硬幣。

# 3 老家最中餅

黃金週（註）有好幾天的連續休假日，幾乎所有的小朋友都很喜歡黃金週。無論是幼稚園或各級學校都放假，可以從早玩到晚，甚至可能有人會和家人一起去旅行。

紗耶的幼稚園，也有很多這樣的小朋友。雖然離黃金週還有一個月，但大家都在討論這件事。

「我要去奶奶家！我去年在田裡抓到了烏龜，今年要去抓更大、

更厲害的烏龜！」

「我要去山上，我要和哥哥、爸爸一起去爬一座很高的山，而且要爬到山頂。」

「我也要去外婆家。外婆家附近有遊樂園，我每年都會去那裡玩。」

「我們家的老家在海邊，所以要去釣魚，我超期待的！」

大家興奮的討論著，只有紗耶悶悶不樂。因為她的黃金週假期沒有任何安排，也沒有可以回去的老家。爺爺、奶奶和外公、外婆都在東京，而且離紗耶家開車只要十五分鐘就到了。

雖然紗耶很喜歡爺爺、奶奶和外公、外婆，但是她很希望他們能住得遠一點，因為其他小朋友都回老家玩得很開心，只有她一個人很覺得吃虧。

紗耶忍不住在那天晚上向爸爸央求：

「爸爸，我們黃金週去旅行嘛，你帶我去玩嘛！」

「在黃金週的時候出門？那是傻瓜才會做的事。」

爸爸露出無奈的笑容說：

「你看電視不就知道了嗎？黃金週到處都是人，路上也有很多車子，無論是去遊樂園還是山上、海邊，都要開好幾個小時的車。好

78

不容易開到目的地，就差不多是準備要回家的時間了。你不覺得這樣很蠢嗎？在家裡好好放鬆是最佳選擇。」

媽媽聽爸爸這麼說，也點頭表示同意。

「對啊，就算要出去，最多也是去附近的公園野餐，這樣也很有趣喔。」

這樣太成熟的想法。

爸爸和媽媽的想法或許很正確，但一個五歲的女孩卻無法接受

「為什麼我家會這樣？」紗耶的不滿快要爆炸了，「大人完全不為小孩著想，真是太讓人生氣了！」

「算了！我要離家出走！」

隔天星期六一大早，紗耶真的離家出走了。她沒有向爸爸、媽媽報備，就一個人溜出了家門。

「要先找一個落腳的地方。」她的背包裡裝了零食，還帶了喜歡的繪本和絨毛娃娃，就連撲滿也帶上了，完全不需要擔心。紗耶想：總之，要讓爸爸和媽媽緊張一下，在他們反省「都是我們不好，紗耶，你說得對」之前，自己絕對不會回家。

紗耶四處張望，尋找有沒有適合落腳的地方。

不一會兒，她來到一條陌生的小巷子前。小巷子很窄，被兩側

灰色的高樓夾在中間，光線很昏暗，但是小巷散發出一股迷人的魅力，讓她覺得非進去不可，簡直就像是藏了寶物的洞窟。

「搞不好巷子裡有可以落腳的地方。」紗耶喃喃自語。

雖然紗耶不喜歡黑暗的地方，但還是鼓起勇氣走了進去。

隨著她漸漸走向小巷深處，四周的氣氛也漸漸不一樣了。小巷內很安靜，好像進入了一個神奇的世界。紗耶忍不住激動起來。

她覺得有什麼厲害的事情在等待自己，她必須繼續往前走。

走著走著，她發現前方有一家小店。她忘了自己正在尋找落腳的地方，直接跑向那家店。

店門口排放著五彩繽紛的零食和玩具，全都是一些她完全沒有看過的東西，比大百貨公司的玩具賣場更有魅力。

「好棒……好棒，這裡好棒！」

「店裡可能會有更棒的東西。」紗耶這麼想著，走進了店內。

店裡果然也放滿了各種零食。

牆壁上的貨架放滿了裝在盒子裡或袋子裡的零食，收銀臺上有許多瓶子裝了五顏六色的糖果，後方的小冰箱裡則有五花八門的果汁，還有面具、飛機模型、氣球和小人偶垂掛在天花板上，所有的東西都讓人看了很心動。

這裡可能是比遊樂園更好玩的地方。紗耶這麼想著，在店內東張西望，然後找到了讓自己心動的零食。

那是一個可以放在紗耶手心的小盒子，用漂亮的嫩綠色包裝紙包了起來，上面畫著一片農田，田裡長滿了金色的稻穗。

雖然那只是個小盒子，紗耶卻看得目不轉睛，打從身體深處湧現了「我想要這個！」的強烈想法。

她伸手拿起那個小盒子時，聽到一個甜美的聲音。

「歡迎光臨，幸運的客人。」

紗耶大吃一驚，抬起了頭。

有個高大的阿姨不知道在什麼時候站到了她身旁。阿姨很高，紗耶要抬頭才能看到阿姨的臉，而且阿姨的頭髮比紗耶奶奶的髮色更白，但胖胖的臉上完全沒有皺紋。阿姨穿了一件紫紅色的和服，頭髮上插滿了髮簪，打扮得很漂亮。

阿姨看著紗耶手上的盒子，露出了笑容。

「哎喲，你已經決定好要買什麼了嗎？」

「啊、啊⋯⋯嗯，我要買這個。」

「好、好，你要買『老家最中餅』。」

「老家最中餅！」

84

「好美的名字。」紗耶忍不住高興起來，因為她現在最渴望的就是「老家」，所以聽了格外高興，覺得這個點心簡直就是為自己量身打造的。

阿姨對紗耶說：「這個零食的價格是五元。」

紗耶急忙從背包裡拿出撲滿，從裡面拿出五元硬幣遞給阿姨，但是阿姨沒有收下。

「不是這個，請你用其他的五元硬幣支付。」

「啊？要、要哪一個呢？」

「請讓我看一下。」

紗耶把撲滿交給阿姨，阿姨把撲滿裡的錢倒在手上，然後毫不猶豫的從一堆零錢中拿出一枚五元硬幣。

「沒錯、沒錯，就是這個，昭和五十一年的五元硬幣。這樣就行了，謝謝惠顧。」

「這個五元和剛才的五元硬幣不是一樣嗎？」

「不一樣，這種『不一樣』對錢天堂很重要。」

「是喔，好奇怪。」

「呵呵呵，總之『老家最中餅』現在是你的了，請收下。」

「謝謝！」

紗耶歡天喜地的接過「老家最中餅」時，阿姨又說：

「你年紀還小，讓我向你說明一下。這個點心就如同它的名字，

可以讓人擁有『老家』，很適合希望有老家的人。」

「我想要有老家！」

「我想也是，但是請你繼續聽我說。如果你只是想生活在充滿大

自然的地方，記得在吃之前，把最中餅分成兩半再吃。如果你想要

鄉下成為自己的故鄉，那就直接吃下去，你明白了嗎？」

雖然不是很了解阿姨說的話，但紗耶還是點了點頭。她決定直

接吃下去，因為她的好朋友小優說，「老家」就是爸爸、媽媽的故

鄉。

「我明白了。」

「記得把包裝紙留下來，因為之後可能會需要用到。」

「是嗎？我知道了，我會好好保存的。阿姨，謝謝你！」

紗耶道謝後，拿著「老家最中餅」的盒子衝出柑仔店。她完全忘記自己要離家出走，就這樣興高采烈的跑回家了。

一回到家，紗耶就看到媽媽一臉嚴肅的等著她。

「紗耶，你跑去哪裡了！你不知道這樣做會讓爸爸、媽媽擔心嗎？」

「對不起，我出去散步了。」

「真是的！不是告訴過你，出門要跟爸爸、媽媽說一聲嗎？下次不可以再這樣做，知道了嗎？」

「我知道了。」

「趕快去洗手，馬上要吃早餐了。」

但是紗耶沒有去洗手，反而溜進了自己的房間，因為她想趕快吃「老家最中餅」。

她小心翼翼的拆開包裝紙以免撕破，然後打開盒蓋。盒子裡放了一個最中餅，看起來和一般的最中餅沒什麼兩樣，外表圓圓的，

包著紅豆餡的淡棕色外皮上有雛菊的花樣。

「真的是最中餅……是最中餅喔。」

老實說，紗耶不太喜歡吃最中餅，因為有時候裡頭的紅豆餡太滿，有時候又太甜，一下子就吃膩了，而且外皮也會黏在嘴裡，很不舒服。但是這次是為了擁有老家，所以她要忍耐，一定要吃下去。

她當然沒有分成兩半，而是直接咬了一口。

「嗚哇！」

太好吃了。紗耶忍不住瞪大了眼睛。

這個「老家最中餅」簡直是絕品。外皮很脆，裡面的紅豆餡有

點甜又不會太甜，而且紅豆餡裡還有一塊小麻糬，可以享受Q彈的

嚼勁。雖然味道很樸素，卻有一種懷念的感覺。不知道為什麼，她

的內心湧起了酸酸甜甜的舒服感覺。

紗耶滿臉陶醉的吃完了最中餅。

「如果是這樣的最中餅，再吃十個我也沒問題。」

她依依不捨的舔了舔手指，把「老家最中餅」的包裝紙仔細折

好。因為包裝紙很漂亮，以後可以用在美勞作品上，而且那個白頭

髮的阿姨也說要把包裝紙保留下來。

她把折好的包裝紙放進抽屜。

這時，她聽到了媽媽的叫聲。

「紗耶，吃早餐了啦！」

「來了。」

紗耶走去廚房，若無其事的開始吃早餐，但滿腦子都在想著「老家最中餅」。

「什麼時候才會有老家呢？：希望願望可以在黃金週之前實現。」

這時，電話鈴聲突然響了起來。難得星期六的早晨會有人打電話過來，爸爸立刻拿起話筒。

「喂？原來是老爸……啊？等、等一下，你再說一次，你說搬家

「是什麼意思？」

看到爸爸神色緊張，媽媽大吃一驚，紗耶則興奮得雙眼發亮。

「搬家！爺爺他們要搬家，我快要有老家了！可以在黃金週時去爺爺家玩了，太棒了！」紗耶心想。

這時，媽媽的手機也響了起來，原來是收到了電子郵件。

「是誰一大早就傳郵件啊？……啊？不會吧？」

媽媽看了電子郵件，立刻臉色大變。她抓起電話衝進臥室，似乎是打算在打電話給對方的時候，不要受到任何干擾。

爸爸掛上電話的同時，媽媽也從臥室走了出來，兩個人都臉色

94

蒼白。

爸爸先開了口。

「剛才我老爸打電話來，說青森的親戚用很便宜的價格把房子賣給他們，所以他們打算搬過去看看，而且這個月就要搬家，難以置信吧？他們目前房子的貸款才剛還完耶。」

「我、我跟你說，我爸媽也說要搬家。」

「什麼？」

「他們說突然很想老家，所以想搬回去。因為親戚家剛好沒人住，他們就興致勃勃的想要搬過去。」

「你爸媽也要搬家啊⋯⋯親戚家在哪裡？」

「山口的漁師町。這太奇怪了，雖然我爸是在山口出生的，但他在東京長大，現在突然說什麼想回老家。」

「我爸媽也一樣。雖然祖先是在青森，但我爸媽他們一直都在東京生活，照理說根本不可能會想要回故鄉啊。」

看到爸爸和媽媽都一臉沮喪，紗耶忍不住說：

「爸爸、媽媽，青森和山口在哪裡？那是在哪裡？離這裡很遠嗎？是不是很遠？」

「非常遠。」

「唉，怎麼辦？當初就是因為離雙方父母家都很近，才在這裡買了房子。」

「對啊⋯⋯真不知道該怎麼辦。」

爸爸和媽媽都抓著頭苦惱，只有紗耶一個人在偷笑。

爺爺、奶奶和外公、外婆都搬家了，這就代表爸爸和媽媽都有老家了！太棒了！不過爸爸和媽媽為什麼愁眉苦臉？他們應該要高興才對啊。

沒錯，紗耶不知道爸爸和媽媽到底在擔心什麼。

紗耶一臉無精打采。

爺爺、奶奶和外公、外婆匆匆搬去青森縣和山口縣已經快一個月了，紗耶在這一個月內，終於知道「有老家」並不全都是好事。

首先，她平時都無法見到爺爺、奶奶和外公、外婆。

從她出生開始一直疼愛她的人突然不在身旁，這件事讓她很難適應。她很寂寞，也覺得生活中缺少了什麼，有時候還會忍不住流眼淚。

不光是這樣而已。

因為爺爺、奶奶和外公、外婆之前都住在附近，所以經常照顧

她，每天都是他們接送紗耶去幼稚園，陪她去醫院看病，有時候還會到他們家做晚餐。

因為有爺爺、奶奶和外公、外婆的協助，爸爸、媽媽也能夠安心工作。

結果他們現在搬走了，爸爸和媽媽只好努力安排時間，卻越來越力不從心，所以最近經常吵架。

「你乾脆把工作辭掉算了，反正只是算時薪的兼職。」

「哪有這麼簡單？雖然是兼職工作，但我現在負責一個大企畫，你不是也知道這件事嗎？」

爸爸說話的語氣很不耐煩，媽媽的聲音也很高亢。每次聽到他們爭執，紗耶都會緊張得心跳加速。

但是，紗耶仍然抱著一線希望。

那就是——黃金週。只要去了爸爸和媽媽的老家，見到爺爺、奶奶和外公、外婆，爸爸和媽媽一定會打起精神。只要大家一起玩，吃到奶奶和外婆做的美味料理，一切都會好起來的。

紗耶扳著手指，翹首盼望黃金週的到來。

沒想到這件事也成為了煩惱。在黃金週的兩個星期前，爸爸說：

「到底要去青森還是山口？我們只能去一個地方。」

「這兩個地方都很遠，考慮到路程不可能兩個地方都去，只能選其中一個……我想去青森，因為我想看看爸媽住在怎樣的地方，生活過得怎麼樣。」爸爸說。

「我能理解，」媽媽狠狠瞪著爸爸，「但我也很擔心自己的父母，你知道嗎？」

「這種事我當然知道，但是青森到了冬天就會下大雪，到時候交通很不方便，所以我認為黃金週就先去青森，等暑假和新年的時候再去山口。」

「既然這樣，那暑假的時候去青森不就好了嗎？我們應該先去山

口，因為我爸媽年紀比你爸媽大。

「你為什麼好像在找我吵架，真是令人心煩！」

「你還不是想要堅持自己的意見！」

爸爸和媽媽大吵一架，最後決定兩個地方都去。

他們決定從東京搭飛機去青森，再租車開三個小時的車程去爺爺家。

爺爺家真的很偏僻，周圍都是山，附近有幾戶鄰居一下子就數完了。加上因為下雨，所以沒什麼好玩的，反而覺得很冷清。

爺爺和奶奶很高興，但是紗耶他們一家抵達的時間很晚，所以

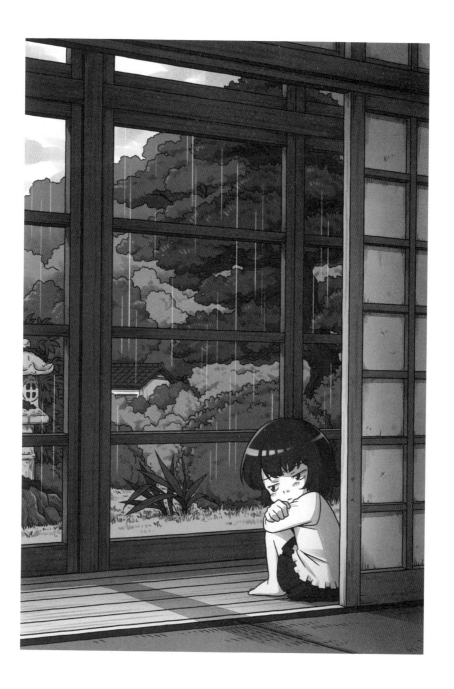

一吃完晚餐就上床睡覺了。

隔天也是下雨天，他們哪裡都沒辦法去。

「紗耶，真是對不起，這附近完全沒有你喜歡的商店或是公園。」

「那有沒有小河？能不能去河邊釣魚？」

「雖然有河，但是河水很湍急，不能靠近。」

「怎麼會這樣⋯⋯那可以去山上玩嗎？」

「可以，但是外面在下雨。」

很快就到了要出發去山口的時間。爸爸和媽媽看到爺爺奶奶的

新家，也看到了爺爺和奶奶，所以感到很滿意，但是紗耶一點都不開心。她不想離開爺爺和奶奶，忍不住大哭起來。看到紗耶的淚水，不光是奶奶看了淚眼汪汪，就連爺爺的眼淚也在眼眶中打轉。

爸爸幾乎是硬把紗耶從爺爺、奶奶身上拉開，把她帶到車上。

在那之後，他們又搭上了夜間巴士。

巴士上很悶熱，空氣又不好，所以紗耶暈車了。好不容易到了山口，他們又租車開了兩個小時的車程，才抵達外公、外婆家。

外公和外婆也很歡迎他們，紗耶見到外公、外婆很高興，但是外公和外婆也很歡迎他們，紗耶見到外公、外婆很高興，但是除此以外，幾乎沒有什麼好玩的事。那裡是一個港口小鎮，沒有可

以撿貝殼的海灘，也找不到一起玩的小朋友。

隔天，他們就要回去東京，紗耶當然又大哭了。

一家人回到東京的家時，全都精疲力盡。尤其是紗耶，她累壞了，還發了高燒，爸爸和媽媽為這件事又大吵了一架。

紗耶躺在床上，聽到房間外傳來的吵架聲，淚水不停的流。

沒想到自己那麼渴望擁有的老家一點都不好玩，而且她再次意識到爺爺、奶奶和外公、外婆搬去了很遠的地方，反而感覺更加寂寞，爸爸和媽媽也整天為了這個吵架。

全都是因為紗耶吃了「老家最中餅」，才造成這樣的結果。如

果在吃之前分成兩半，會有不一樣的結果嗎？不對，自己根本不需要有老家。

她突然感到很生氣。

「比起老家……我更希望爺爺、奶奶和外公、外婆陪在我身邊。」

這一切都是「老家最中餅」造成的！

紗耶搖搖晃晃的站起來，從書桌裡拿出嫩綠色的紙，那是「老家最中餅」的包裝紙。她無法原諒自己珍藏著這種東西。

「這種東西……我不需要這種東西！」

紗耶很懊惱也很難過，她把包裝紙撕得粉碎，丟進了垃圾桶。

第二天早晨，紗耶垂頭喪氣的吃著優格，爸爸板著臉喝咖啡，媽媽則低頭看手機。

這時，電話響了。

「是誰啊。」

爸爸呃著嘴，接起了電話。

「喔，老爸？嗯……啊？不會吧？真的嗎？嗯、嗯，那當然是太

好了啊！」

爸爸的聲音聽起來很興奮，紗耶和媽媽都歪著頭納悶。爸爸掛

上電話後，雙眼發亮的回頭看著她們說：

「我爸媽他們決定搬回來！」

「真的嗎？」

「他們說只是去那裡試住，但鄉下的生活似乎不適合他們，所以沒有找到租客，應該很快就可以搬回來住。」

他們打算在下星期搬回來。他們之前住的房子原先打算出租，但還

「太好了！紗耶，你有沒有聽到？爺爺和奶奶要搬回來住了！」

「嗯，太好了！」

這時，媽媽的手機響了。媽媽接起電話，發現是外婆打來的，

他們也說要從山口搬回來。

紗耶也聽到外婆在電話中說話的聲音。

「看到紗耶的臉，就忍不住想搬回去，而且我們也覺得還是住了多年的東京比較好。」

「對啊，無論是對你們還是對我們來說，東京就是我們的故鄉，突然去鄉下也無法享受那裡的生活。總之，既然你們要搬回來，我們非常歡迎，那就等你們回來喔。」

「好，你告訴紗耶，我們會盡快搬回去。」

媽媽掛上電話後，一家人都沒有說話，只是看著彼此的臉，三個人都目瞪口呆。

「剛才的話......你們聽到了吧？」

「嗯。」

「你爸媽也要搬回來對吧？」

「好像是這樣。這一個半月的紛亂到底是怎麼回事？」

「嗯，簡直就像是中了邪。總之，現在真是太好了。」

不過最納悶的人是紗耶。

爺爺、奶奶和外公、外婆為什麼會決定搬回東京？她覺得一定是什麼神奇的力量，造成了這樣的結果。

「該不會是......『老家最中餅』失效了？就像手機的電力用完了

一樣。」

不管怎麼說，真是太好了。紗耶鬆了一口氣。

媽媽說得沒錯，對紗耶全家人來說，東京就是故鄉。有老家的人可以享受回老家的樂趣，沒有老家的紗耶，也可以經常跟住在附近的爺爺、奶奶和外公、外婆在一起。

紗耶感到很幸福，露出了笑容。

不過，紗耶只猜對了一半。

爺爺、奶奶和外公、外婆的確是因為「老家最中餅」失效，所

以才搬回東京，但是「老家最中餅」並不是自然失效，而是因為紗耶氣得把包裝紙撕掉，所以才因此失去了效果。

紗耶完全沒有想到，「老家最中餅」的效果是靠包裝紙才能維持。

西門紗耶，五歲的女孩。昭和五十一年的五元硬幣。

註：日本每年四月底到五月初有多個節日組成連假，稱為黃金週。長達一週的假期也是日本人常會安排出遊的時節。

# 4 福爾摩斯豆

歡迎歡迎，你就是六條先生嗎？你好，我姓古石。哪裡哪裡，

我才該感謝你，謝謝你特地來這裡。

但是老實說，我有點難為情，因為我完全沒想到自己在居酒屋喝醉時說的話，竟然有人認真的聽進去，而且事後還接到電話，說

希望可以詳細了解當時的情況。

啊，沒有，我並沒有說謊。雖然我那天喝醉了，但是當時說的

「話都是千真萬確的。」

那我就開始敘述事情的經過了。

沒錯，正如我之前在居酒屋說的，我去了一家神奇柑仔店。因為當時要找到一份正職工作並不容易。

那時候我大學剛畢業，找不到工作，所以靠打工過日子。因為當時要找到一份正職工作並不容易。

但是，即使是那樣的我也交到了女朋友。我們決定同居，一起租了廉價的公寓，把各自的行李都搬了進去。到此為止都沒有任何問題，但是之後我們也完全沒有時間整理行李。

女朋友工作很忙，我也每天打工到深夜才回家。搬去租屋處已

經過了好幾天，家裡仍然堆滿紙箱。

既然要在那裡生活，當然會需要用到一些東西，於是我們經常在問：「那個東西放在哪裡？」或是「你知道什麼東西放在哪裡嗎？」

我們沒有整理行李，只是把要用的東西拿出來，然後用完就丟在外面，所以房間變得更亂了。內心微小的煩躁感不斷累積，造成我們兩個人經常吵架。

那天也一樣⋯⋯女朋友難得做了晚餐。她煮了味噌拉麵，但是一直找不到裝麵的大碗。

「上次吃咖哩的時候不是用過嗎？到底放去哪裡了？」

「我怎麼知道，那天不是你洗碗嗎？」

「嗯，應該不在這裡。」

「你動作快一點，麵都要糊掉了。」

聽到她不耐煩的聲音，我也火大起來。

找不到大碗，房間內堆滿紙箱，女朋友又心情不好。

我覺得煩躁透頂。當我回過神時，才發現自己衝出了家門。

「喂！你要去哪裡？」

女朋友大聲問我，可是我頭也不回，一口氣跑到公園才終於回

過神。

我反省了自己的行為，覺得自己做了很不應該的事。

女朋友下班回家明明也很累，卻還是努力煮拉麵和我一起吃。

我想買一些甜點回家向她道歉。

做決定之後，我就走去附近的便利商店。

啊，之後發生的事你應該已經知道了吧？沒錯，走去便利商店的路上，不知道為什麼，我糊裡糊塗的走進了一條小巷子。

那條小巷子內有一家柑仔店，店門口掛著「錢天堂」的招牌，看起來很古色古香。但是那家店很有吸引力，讓人很想走進去，而且

店裡的零食簡直棒得無法用言語形容，就連現在回想起來，我都忍不住心跳加速。

雖然我已經不是小孩子了，但還是看著那些零食看得出神。這時，老闆娘從店裡走出來向我打招呼。

老闆娘也是很有個性的人，和那家柑仔店相比絲毫不遜色。

啊，六條先生你應該已經知道了吧？

沒錯，她就是有著一頭白髮，身材特別高大的老闆娘。她穿著一件古錢幣圖案的和服，頭上還插了許多玻璃珠髮簪，打扮得很有味道。最重要的是，她渾身散發出強大的氣場，讓當年還很年輕的

我忍不住有點畏縮。

你問我老闆娘有沒有對我說什麼？有啊，直到現在我依然清楚

記得她對我說的話。

「幸運的客人，歡迎你來到『錢天堂』。請問你有什麼心願？只

要你說出心願，我可以為你找到適合的商品。」

她就是這麼說的。

當時，我是這樣回答她的：「我希望可以馬上找到想要找的東

西。」

那個時候，我因為找不到家裡應該有的東西感到很心煩，覺得

只要能夠消除這個煩惱，就可以和女朋友和好如初。

現在回想起來，我覺得真是太不可思議了，我竟然會在柑仔店說這種話。照理說，我應該會回答想要買甜食或是仙貝之類的話。

但是在那家柑仔店，那樣回答似乎是理所當然的事。老闆娘對我嫣然一笑，然後遞給我一個小紙袋說：「那我向你推薦這件商品。」

那個紙袋差不多跟手掌的大小一樣，上面畫了很多腳印、一個放大鏡，以及滿滿的問號，上面的貼紙寫著「福爾摩斯豆」。

我當時受到很大的震撼，眼中只有那包豆子。有了那次的經驗，我才終於知道，「心被擄獲」原來是這樣的感覺。

我認為那包豆子屬於我，無論如何都要把它買下來。即使花光我身上所有的錢，我也一定要買下它。

沒想到「福爾摩斯豆」很便宜，竟然只要一元。

我大吃一驚，但還是付了一元硬幣買下「福爾摩斯豆」，同時覺得欣喜若狂。

什麼？哦，沒錯沒錯，我付錢的時候，老闆娘的確說了「今天的幸運寶物」之類的話。我記得好像是平成二年的一元硬幣？對不起，這件事我有點記不太清楚了。

當我回過神時，發現自己回到了租賃的公寓前，真的有一種如

夢初醒的感覺。

不過我並沒有馬上踏進家門，因為如果馬上回家，一見到女朋友我搞不好又會和她吵架，應該要先想好該怎麼為沒吃拉麵就跑出去這件事跟她道歉。

我想要讓自己的心情平靜下來，這時候，我想起自己拿著一個小紙袋。沒錯，我拿著「福爾摩斯豆」的袋子。

這時我才驚覺，原來那不是夢啊！

我忘了和女朋友吵架的事，急急忙忙打開了紙袋。

袋子裡有各種顏色的炒豆子，上頭還灑了一些香噴噴的辛香料

調味。我一聞到味道，不由得心跳加速，那種興奮的感覺，就像是

知道了什麼重大祕密一樣。

另一方面，我也覺得肚子有點餓，於是決定要吃點炒豆子。起

初我只是想嚐嚐味道試吃幾顆，好吃的話，再和女朋友一起分享，

沒想到「福爾摩斯豆」超級無敵好吃！

豆子香辣酥脆，每吃一顆，就會忍不住想「再吃一顆」，手自

動的一顆接著一顆把豆子送進嘴裡，明明我以前根本不喜歡吃炒豆

子。

等我回過神，才發現豆子全都吃光了。我有點不甘心，想著紙

袋底部可能還會剩下一顆，於是把紙袋倒了過來，結果卻發現紙袋

底部貼了一張白色貼紙。

貼紙上寫著「福爾摩斯豆」的產品說明。

你問我記不記得說明書上寫了什麼？我當然記得啊，那些文字

深深烙印在我的腦海中。

如果你想跟名偵探一樣，能發現遍尋不著的東西和隱藏的祕密，本

店大力推薦這包「福爾摩斯豆」。只要吃了它，你就可以成為夏洛克‧

福爾摩斯。可是並不是揭穿所有的祕密都是好事，如果你希望發揮恰到

好處的效果，請在吃之前說三次「華生」。

看完說明我才發現為時已晚，因為我已經把豆子全吃光了。

但是我當時想，效果當然是越強越好，所以沒有把這件事放在心上就直接回家了。

那個時候，我還不相信「福爾摩斯豆」的威力。

不對，應該說我對它的效果是半信半疑，因為我告誡自己：「都已經是成年人了，竟然還相信這種話，簡直就像是傻瓜。」你應該了解我這種心情吧？

什麼？你想趕快聽後續？好吧。

我女朋友不在家，她可能也生氣離家出走了。

我決定在她回家之前，稍微把房間整理一下，等她回來看到屋子變整齊，心情應該會好一些。

我覺得這是個大好機會，於是就開始整理家裡。我先把餐具放進餐具櫥櫃裡。

「餐具放在哪個箱子裡呢？」

我小聲嘀咕著，在房間內東張西望，結果突然聞到了辛香料的味道。雖然只是隱隱約約的氣味，但那個味道就是我前一刻吃的

「福爾摩斯豆」的味道。

我想這個房間裡，說不定也藏了「福爾摩斯豆」。如果真的有，那我一定要找到它！因為我還想再吃！

我不由自主的像狗一樣在房間內四處嗅聞，然後發現有幾個紙箱散發出我正在尋找的氣味。

你是不是已經猜到了？

沒錯，我打開那幾個紙箱一看，裡面都放著餐具，正好就是我想尋找的東西。

「原來如此。」我用力拍了一下大腿，「原來這就是『福爾摩斯豆』的威力，以後無論要找什麼，我都可以輕鬆找到了。」

我興奮不已，腦海中接連浮現自己想要尋找的東西──

書、文具、夏天的衣服。

只要在腦中想著物品，我就會聞到「福爾摩斯豆」的氣味，接

下來只要循著氣味就可以找到想找的東西。

我把找到的書收進書架，把文具整理好放在書桌上，還把夏天

的衣服放進衣櫃。

我整理得很迅速，只要把空紙箱收好，房間就會變得很乾淨。

我想，我女朋友看到一定會很高興，所以面帶笑容的等待她回

家。

沒想到等了很久，女朋友一直沒有回來，我也漸漸開始擔心起來。

「這麼晚還沒有回來，她到底是去了哪裡？我是不是該去找她呢？」

當我閃過這個念頭時，再次聞到了「福爾摩斯豆」的香氣。

「看來『福爾摩斯豆』還有找人的功效，太好了。」

我循著香氣追出門外，即使外面吹著風，香氣卻沒有散去，我甚至覺得自己聽到了「在這裡，在這裡」的呢喃聲。

就這樣，我來到一家大飯店的停車場。

我女朋友正站在那裡，但是她不是一個人，而是站在一個我從

沒見過的年長男人身旁，那個男人用一臉可怕的表情瞪著她。

我想馬上衝過去，因為我以為她被陌生男人纏上了。

但是事情並不是我想的那樣——

她開始啜泣，男人看了也立刻露出為難的表情，把手放在她的

肩上。

我覺得實在太奇怪了，所以就繞到車子後方，並靠近他們，然

後聽到了他們說話的聲音。

「我早就說過了，你們才剛交往沒多久就要同居，這樣的決定太

倉促了。如果你們是能彼此體諒的情侶，或許還可以有圓滿的結果⋯⋯你趕快搬回家裡吧！我聽你說了這麼多，爸爸不認為你們能夠繼續交往下去，你應該也很清楚吧？」

「嗯，住在一起之後，不對勁的地方就漸漸冒出來了。我發現了他的缺點，也知道了自己無法忍受的事，所以就覺得很煩⋯⋯」

「是啊，爸爸一開始就不看好他，我根本不放心把心愛的女兒交給連一份正當工作都找不到的傢伙。看來我猜得沒錯，你今晚就跟我回家好好冷靜一下，再認真思考接下來該怎麼辦。」

「嗯，就這麼辦⋯⋯我應該會和他分手吧，我感覺沒辦法再和他

繼續交往下去了。

「這樣也好，那我們走吧。」

女朋友的父親讓她上車之後，就開車離去了。

我愣在原地，完全沒有想到她竟然有那樣的想法……這麼一想，我受到了打擊。

不過我的內心深處也鬆了一口氣，因為當時的我也有同樣的想法：「唉，我和她合不來，沒辦法繼續交往。」

所以當她隔天向我提分手的時候，我很乾脆的回答：「好啊。」

就這樣，我們的同居生活結束了，只不過這件事也在我的內心

留下了創傷。不，我確實放棄了她，只是我無法忘記她爸爸說的話，沒想到她爸爸竟然覺得我是「連一份正當工作都找不到的傢伙」。

分手後的那陣子，我完全提不起精神做任何事，也辭掉了打工的工作。當時我應該很空虛，甚至產生了恨意，覺得早知道會發生這種事，還不如不要吃「福爾摩斯豆」。

我就這樣渾渾噩噩的過了一個月。

有一天，我偶然走進了一家超市，看到布告欄上貼了一張尋狗啟事。

就在那一剎那，我靈機一動。

「對啊，就是這個！我有『福爾摩斯豆』的能力，只要妥善運用這種能力，不是可以靠這個賺錢嗎？」

我找到走失的狗，把牠送去給飼主之後，立刻採取了行動。我開了一家小型事務所，開始從事偵探的工作。

結果很成功。

無論是代客尋找走失的家人和寵物，或是調查外遇和揭發祕密，我每次都能快速解決問題，所以在業界很受好評，目前我的公司已經發展成大型偵探社了。

對了，如果你有需要，歡迎委託我們「古石探偵社」。哈哈哈，無論你想找什麼，都能使命必達，因為我至今仍然擁有「福爾摩斯豆」的能力。

對，我吃下那款零食已經過了二十年，效果卻絲毫沒有減弱，因為我每天都看偵探小說避免能力衰退。裝炒豆子的紙袋上有產品說明，最後寫著：「如果想要效果持續，最好每天都看偵探小說。」

所以我的偵探事業也很順利，真是太感謝了。

咦？你想委託我調查案子？

啊啊……這個……雖然我不想這麼說，但我想應該不行。

不瞞你說，我也試過要再去那家柑仔店。我和女朋友分手之後，好幾次都想著：「我要再去那家神奇柑仔店！我要找到那家店，這次要買可以找到理想對象的零食！」

但是，無論我再怎麼強烈的祈禱，「福爾摩斯豆」都無法發揮力量。我也試過去找那個老闆娘，但都失敗了。所以六條先生，我無法接受為你找到「錢天堂」的委託，對不起，幫不上你的忙。

啊……我的事對你來說有參考價值？那真是太好了。

那我差不多該告辭了。不，不是工作。今天是結婚紀念日，我要和太太一起去吃飯慶祝。

呵呵，你的直覺很靈光。

沒錯，那是我靠「福爾摩斯豆」找到的真命天女。沒錯，託你的福，我們現在很幸福。

古石猛，四十八歲的男人。平成二年的一元硬幣。

# 5 同好饅頭

「好，下一節課，就請每位同學和大家分享一下自己的興趣與愛好。」

昂聽了班導森老師的話，立刻臉色發白，腦海中響起殘酷的笑聲。

「哇，好像老頭子！」

「你的興趣竟然是栽種盆栽，你真的是小學三年級的學生嗎？未

免太土了吧。

「怎麼可能有這種事？太扯了吧。」

昂在小學二年級不小心說出自己的興趣是種植盆栽，結果班上的同學哄堂大笑。他當然後悔不已，早知道就不說實話了。

那天之後，班上的同學幫他取了「老頭」的綽號，一有機會就調侃他。一直到小學三年級時重新分班，昂才好不容易擺脫了這個綽號，真是鬆了一大口氣。

雖然這件事造成他很大的困擾，但昂依然很喜歡種植盆栽。

當初是因為爺爺的關係，他才會愛上盆栽。六歲時，他跟爺爺

一起去植栽市集，那一次的經驗讓他迷上了盆栽植物。

種在小盆栽裡的黑松就像大樹一樣威風凜凜；楓葉的每一片樹葉都美麗無比；結了很多小果實的蘋果樹也很漂亮。

每一盆盆栽都是一個完整的世界。每次注視著盆栽，他都有一種神奇的心動感覺，好像在窺視另一個世界。

當時爺爺買給他的小梅樹，至今仍然長得很好。他經常自己修剪樹枝，改變太陽照射的位置，所以每年二月梅樹都會開出芳香宜人的白花。

除此之外，昂還用自己的零用錢買了新盆栽，現在已經蒐集到

許多不同種類的盆栽，那些都是他的寶物。

但是他不打算把這件事告訴任何人，他不要再像之前那樣被人嘲笑了。他現在已經升上六年級，再也不會犯二年級那時候的錯了。

所以，當坐在昂前面的裕吾露出不懷好意的笑容說：「昂，你的興趣是植栽對吧？」時，昂只是冷笑著回答他：「傻瓜！這怎麼可能嘛。」

「咦？這不是你二年級的時候自己說的嗎？」

「那已經是幾年前的事了，現在不一樣了。」

「也對啦，盆栽根本不是小學生會喜歡的東西。」

「是啊。」昂在點頭的同時，心裡覺得很不是滋味。

很多盆栽愛好者的確都是上了年紀的人，即使去植栽市集，他也從來沒有看到過像自己一樣的小學生。

「我是不是很奇怪？」就連自己有這種想法也讓他很難過。

如果有和自己年紀相近也喜歡種植盆栽的人，不知道該有多好，哪怕只有一個人也可以。「不對，先等一下，我相信一定有這樣的人，只是他們和我一樣不敢告訴別人。真希望可以找到同好，找到對方之後，我要跟他說『我跟你有相同的興趣』。」昂默默在內心想著。

下一節課，昂雖然向同學謊稱「我喜歡看漫畫和動畫」，但是他想要「尋找同好」的心情並沒有消失。

就這樣到了放學時間。回家途中，不知怎麼搞的，昂竟然走進了一條奇怪的小巷，而且還在巷子裡迷路了。

他來到一家柑仔店，覺得那家店面陳列的零食真是太神奇了。

那裡有「河狸巧克力」、「日記肉桂」、「護身貓」、「彩虹麥芽糖」、「好孩子黃豆粉棒」、「靈感豆沙苞」、「美人泡芙」、「疑問香蕉」等等。

這些零食太有趣、太好玩了，昂立刻被它們吸引了目光。

正當他東張西望的時候，店裡走出一個身穿和服、身材高大的阿姨。光看外表，完全搞不清楚阿姨的年紀到底是年輕還是年長。

她的頭髮像雪一樣白，圓潤的臉頰和擦著紅色口紅的嘴唇很搭，總之，她整個人散發出一種異常強大的氣場。

阿姨對他嫣然一笑，像是在唱歌似的說：

「歡迎光臨，幸運的客人。歡迎你來到『錢天堂』，你是不是有什麼心願呢？」

昂一聽到阿姨的問話，立刻就把心裡的話告訴了她。

「嗯⋯⋯我喜歡種植盆栽。」

「哎喲，你的興趣很棒呢。」

「但是學校的同學並不這麼想，大家都說我很奇怪，所以我不能說出自己的興趣……我相信一定有其他同學和我有相同的興趣，我想和這樣的人當朋友。」

「原來如此，」阿姨點著頭說，「意思就是你想尋找同好是嗎？

那我有一樣很適合你的零食。」

阿姨把手伸向貨架高處，拿出一個木盒，在昂的面前打開了蓋子。

淺淺的盒子裡排放著許多圓形的饅頭，擁有淺棕色外皮的饅

頭，一看就覺得很好吃，正中央還畫了一朵紅色的花。

昂覺得自己的呼吸快要停止了。這是怎麼回事？自己就像第一次看到盆栽時一樣興奮激動，而且越看越想要把它占為己有。

阿姨用甜美的聲音對昂說：

「這是『同好饅頭』。光聽名字你就知道了，它能讓你一眼就認出和自己有相同興趣的人，我認為這是很符合你心願的商品，你覺得呢？」

「我要買。」

「那請你先付錢，這款零食要五百元。」

柑仔店的饅頭要賣五百元有點貴，但是昂完全沒有猶豫，他把手伸進錢包，拿出唯一一枚五百元硬幣交給阿姨。

阿姨露出高興的表情。

「沒錯沒錯，平成三十年的五百元硬幣，就是今天的幸運寶物。

請你稍等一下。」

阿姨拿小夾子夾起一顆饅頭，用薄紙包了起來。她把饅頭交給昂的同時，小聲對他說：

「不管是什麼事情，時機都很重要。你要看準詢問對方是不是同好的機會，知道了嗎？希望你能妥善運用這個能力。」

雖然聽不太懂阿姨這句話的意思，但昂還是點了點頭，從她手上接過「同好饅頭」。

隔天早晨，昂一路跑去學校，他的臉上充滿了喜悅。

昨天他馬上就吃了「同好饅頭」。「同好饅頭」超級好吃，薄薄的外皮口感滋潤，裡面的芝麻餡風味十足，甜味也恰到好處。因為實在太好吃了，他甚至後悔沒有多買幾個。

但是真正厲害的還在後頭。

傍晚，吃完晚餐後，住在附近的爺爺來家裡拜訪。

「我今天去找朋友玩，他送了葡萄給我，所以我拿一點來送你

們。」

昂發現爺爺的頭上有一個很大的紅花符號，和「同好饅頭」上的圖案完全一樣，簡直就像霓虹燈一樣閃閃發亮。

昂眨了眨眼睛，看著身旁的媽媽。他從剛才就一直和媽媽在一起，但他並沒有看到媽媽頭上有任何東西。

不久之後，爸爸回家了，爸爸的頭上也沒有符號。

晚上睡覺的時候，昂躺在床上一直思考這件事。

只有爺爺頭上有紅花符號，這該不會是因為爺爺和昂都喜歡盆栽的關係吧？所以對盆栽沒有興趣的爸爸和媽媽，頭上就不會出現

符號，應該是這麼一回事吧？

「我知道了！這就是『同好饅頭』的力量！」

於是，隔天早晨昂興致勃勃的跑去學校。學校有很多學生，一定可以找到一個同好。

頭上有紅花符號。

上學的路上已經有很多學生，昂看著那些學生，可惜沒有人的頭上有紅花符號。

昂沒有放棄希望。他走進學校，朝著六年級教室的方向走去，

當他準備經過隔壁班的時候，忍不住大吃一驚。

「剛才是不是有什麼東西在發亮？」他急忙探頭向隔壁班的教室

張望。「找到了！那裡有一個大大的紅花！而且還發出了明亮的光芒！」

那朵紅花出現在一位名叫勇馬的同學頭上。昂從來沒有和勇馬同班過，所以和他不熟，但是昂知道勇馬個子很高、擅長運動，是有很多朋友的人氣王，班上同學經常圍在他身邊。說實話，昂不太喜歡這種類型的人。

沒想到勇馬竟然也喜歡盆栽。

雖然昂很驚訝，但是終於找到同好的興奮感，讓他立刻跑向勇馬。

「勇馬！原來你也跟我一樣啊！真是的，你應該早點告訴我才

對！」

他們兩人平時根本沒有聊過天，而且又不是同班同學，因此當

隔壁班的昂突然跑來對自己說這番話，讓勇馬露出了困惑的表情。

「呃……你是二班的昂嗎？你在說什麼啊？」

「我在說盆栽啊，你也喜歡盆栽植物對吧？」

「啊？」

勇馬瞪大眼睛，瞬間臉色大變，生氣的說：

「你腦筋有問題嗎？·我怎麼可能會喜歡那種東西！」

「但、但是你是真的喜歡對不對？我知道，你不必隱瞞，因為我也和你一樣。」

「啊！」

「那關我什麼事啊！你的事和我無關，噁心死了。」

「你別這麼說嘛，我們是同好啊。」

「不要隨便說我是你的同好！我都說不是了，你到底是怎麼回事

聽到勇馬大吼的聲音，其他同學紛紛圍了上來。

「喂，勇馬，你怎麼了？」

「勇馬，你在生什麼氣？」

勇馬生氣的指著昂說：

「他莫名其妙的跑來說我喜歡盆栽！」

「盆栽？勇馬喜歡種盆栽？這怎麼可能啊！」

「對啊，昂自己才喜歡栽種盆栽吧？二年級的時候，你不是有這麼說過嗎？」

「不會吧？真的假的？哇，好像老頭子。」

「就是啊。」

「我想起來了，他的綽號不是就叫『老頭』嗎？」

「哈哈哈哈！老頭子的老頭嗎？哈哈哈哈！」

「老頭子，你別來找勇馬的麻煩。」

魚。

大家七嘴八舌的調侃他，讓昂的臉紅得簡直就像是煮熟的章

雖然他有很多話想說，但是卻說不出口。

他看向勇馬，但是勇馬根本不看他，還把頭轉到一旁。

「可惡！你明明就喜歡盆栽啊！」

昂火冒三丈的想要撲向勇馬，這時，他的身後傳來一個聲音。

「喂！你們在吵什麼？不要吵架。」

即使不回頭，昂也知道是誰在說話。

說話的人是這個班的班導劍持老師。他很年輕，感覺不像老

師，更像是大哥哥。劍持老師是一位英俊帥氣的陽光男，也是運動健將，學生都很喜歡他。

昂不想讓劍持老師看到自己漲得通紅的臉，所以沒有回頭。

這時，有人開口向老師告狀。

「劍持老師，他們沒有吵架，是昂在找勇馬的麻煩，說他喜歡盆栽，但其實是昂自己喜歡盆栽。」

「他很莫名其妙，像個老頭子一樣！」

「他是不是很奇怪？老師，你也這麼覺得吧？」

周圍的學生七嘴八舌的叫了起來，劍持老師想要說些什麼，但

昂大叫著打斷了老師的話。

「算了啦！」

他忍無可忍的瞪了勇馬一眼，然後大聲的叫著：

「盆栽有什麼問題！明明就很有特色啊！」

昂逃回自己的教室，重重的坐在座位上，然後趴到課桌上。他的心臟發出撲通撲通撲通的聲音，他很不甘心，也對勇馬很生氣。

「好不容易找到同好，那傢伙竟然不承認，還讓我被大家恥笑，我不能原諒他。」

同時，昂也有點後悔。

「我真傻，仔細一想就知道了，我不應該買尋找同好的零食，而是要買可以結交到同好的零食才對。我相信那家柑仔店一定有賣。我要不要再去找那家店呢？不對，在那之前要先搞定勇馬。好，走著瞧！我要確認他真正的想法！」

昂在內心發誓。

幾天之後，昂得知勇馬因為擔任圖書委員，所以放學後會晚回家，於是他先回家一趟，帶了一盆盆栽出門。

這幾天他都悄悄跟蹤勇馬，所以知道他家住在什麼地方，也知道他都是走哪條路回家。昂把帶來的盆栽，放在勇馬回家路上最少

有行人經過的位置。

那個榕樹盆栽是他之前央求爺爺送給他的，榕樹的樹幹交錯在一起，簡直就像是編了麻花辮。只要是喜歡盆栽的人，絕對不可能忽略造型這麼優美的盆栽。

昂屏住呼吸，躲在附近的電線桿後方。

不一會兒，勇馬出現了。

勇馬看到馬路旁放了一盆盆栽似乎很吃驚。他警戒的向四周張望了好幾次，但最後還是無法抵抗誘惑。他輕輕拿起盆栽，專注的打量著。他的動作和眼神，散發出「我喜歡盆栽」的感覺。

昂把這個情況從頭到尾看在眼裡，然後從躲藏的電線桿後頭衝了出來。

勇馬驚慌失措的把盆栽放到地上。

「昂、昂！」

「我看到了！勇馬，你果然喜歡盆栽！」

「你、你幹麼啊！我不是說了我不喜歡嗎？你這個人真是糾纏不清耶！我明天要去告訴大家！」

「既然這樣，那我也要給大家看！我把你小心翼翼觸摸盆栽的樣子全都拍下來了！」

昂在說話的同時，舉起了自己的手機。

勇馬得知昂拍下了證據，頓時臉色發白，然後無力的垂下頭。

看到勇馬畏縮的樣子，昂的內心湧現了罪惡感。

他原本的確是打算明天要把剛才拍的影片給大家看，因為大家都覺得勇馬很有男子氣概，所以一定會嘲笑他。昂很想看到勇馬被朋友調侃、嘲笑的模樣。

但是，他這種壞心眼很快就消失了。

現在回想起來，他第一次問勇馬是不是喜歡盆栽的時機很不好。當時周圍有很多其他的同學，而且自己也不應該說得那麼大聲。

勇馬一定是不想讓別人知道他喜歡盆栽，結果昂突然說出他的祕密，他當然要拼命隱瞞。如果昂當時悄悄問他：「我喜歡盆栽，如果你也喜歡，我們要不要成立一個祕密的盆栽社團？」勇馬也許會欣然同意。

所以，現在要重新開始才行。

昂吸了一口氣之後開口問：

「你當我的祕密同好吧。我喜歡盆栽，你星期六、星期天有空的時候，來我家幫我一起照顧盆栽吧。」

勇馬聽到昂平靜的這麼說，驚訝得瞪大了眼睛。他還以為昂會

威脅他說：「如果你希望我把影片刪掉，就要聽我的話。」

勇馬立刻察覺了昂內心的想法。

勇馬故意用不甘心的表情說完，然後笑了起來。

「真、真是拿你沒辦法。好吧，那我就當你的同好。」

隔天放學後，昂和勇馬兩個人留在教室，看著各自帶來的盆栽圖鑑和照片。

「你看這個是不是很棒？」

「真的耶，如果能種出這樣的盆栽，那真是太棒了。啊，我也很

喜歡這種的，你看你看。」

「哪一個？啊，真的耶，這個樹枝的造型太棒了。」

「對吧？昂，我就知道你懂我在說什麼。」

他們津津有味的討論著，門卻突然打開了，劍持老師把頭探進教室。

「果然還有人。我聽到了說話的聲音，原來還有學生沒有離開。

你們兩個快回家吧。」

「劍持老師，對不起，我們現在就回家。昂，我們走吧。」

但是昂愣在原地，因為他在劍持老師的頭上，看到了一個很大

的紅花符號。

劍持老師也喜歡盆栽？他英俊瀟灑、運動全能，經常說自己的

興趣是登山和健身，結果他的興趣竟然是種植盆栽？

昂忍不住揉了揉眼睛，但是老師頭上的紅花依然沒有消失。

劍持老師納悶的歪著頭，對一臉茫然的昂問：

「昂，你怎麼了？我頭上有什麼東西嗎？」

「老師也是同好……」

「嗯？那是什麼意思？」

「昂，你在說什麼啊？」

「不，沒什麼。」

昂終於回過神，露出了笑容。

「老師，下次要不要和我們一起去植栽市集？你應該也喜歡盆栽吧？」

劍持老師瞪大眼睛，眼珠子都快要掉出來了。

溝口昂，十二歲的男生。平成三十年的五百元硬幣。

# 6 親近堅果

一對男女坐在安靜的咖啡館內。女人很年輕，男人有一點年紀，穿著一身高級西裝。

女人把一個薄薄的信封交給男人。

「這是我的調查報告。」

「看你的神情，似乎是有理想的結果。」

「對，教授說對了，著眼於學校調查是正確的決定。我透過特殊

的管道，了解最近有沒有學生突然發生了變化，最後發現了一個人。」

「我來看一下報告。喔，原來是十一歲的女孩⋯⋯這個能力很奇特啊，竟然是讓小孩子主動親近的能力。」

「沒錯，聽說低年級的學生突然都很喜歡她。之前那個女孩想要和學弟妹親近，但學弟妹都躲著她⋯⋯怎麼樣？要不要我去詳細打聽一下？」

「不，這次我要親自出馬，我想親眼看看這個能力會有什麼副作用⋯⋯很快就要放寒假了，這個女孩要回父母的老家嗎？」

「對，根據我的調查，她的祖父母住在長野的鄉下，他們每年都會去那裡過年。所有親戚都會聚在一起，還有很多年幼的孩子。」

「新年嗎？那真是太好了。既然會有許多年幼的孩子，那個女孩一定會主動要求照顧那些小孩。」

「教授，你有什麼打算？」

「嗯？我只是想稍微惡作劇一下。可以請你告訴我，她祖父母的家在哪裡嗎？」

男人瞇眼笑了起來。雖然他的長相很紳士，但是笑容看起來卻像爬蟲類一樣冰冷。

「嗚啊啊啊啊啊！」

美湖剛把嬰兒抱在手上，前一刻還笑容滿面的嬰兒頓時大哭起來。

「嗚哇，怎麼了？不、不要哭，好了，乖乖喔，乖乖喔。」

即使美湖輕輕搖晃手上的嬰兒試圖安撫，嬰兒仍然漲紅了臉，聲嘶力竭的大哭。

「哎喲，看來不行啊。」

一旁的母親立刻把嬰兒接過去，結果嬰兒馬上停止了哭泣。

周圍的叔叔、阿姨們全都笑了起來。

「怎麼回事？這孩子似乎只對美湖有意見。」

「美湖，你被討厭了，真可憐。」

「是美湖抱的姿勢有問題，要更溫柔一點，不然以後自己當媽媽的時候會很辛苦。」

「沒錯。」

雖然大家是在開玩笑，但美湖覺得每一句話都讓她很受傷，她要拚命忍耐，才能讓自己不要擺臭臉。

現在是過年期間，大家都回到爺爺的家團聚。這棟房子歷史悠

久，周圍都是農田，還有很多房間，即使所有親戚都同時回來住，這裡還是有剩下的空房間，所以每逢過年，大家都會回來爺爺家。

如果美湖現在露出不悅的表情，一定會被罵「大過年的，怎麼可以擺臭臉呢？」而且這些叔叔、阿姨以後看到她還會說：「美湖抱小孩，害小孩哭了，結果她就鬧彆扭」。

大人總是這樣，把小孩子的失敗當成笑話。

所以美湖拚命忍耐，靜靜的看著嬰兒。

那個嬰兒名叫小愛，是沙織表姊的小孩，長得胖嘟嘟的，超級可愛，笑起來簡直就像天使。

美湖原本就很喜歡小孩，她第一眼看到小愛，就愛上了這個小寶寶。

但是小愛似乎不喜歡美湖，美湖一抱她，她就哇哇大哭。

如果是以前的美湖，一定會受到很大的打擊，但是這次不一樣，雖然覺得有點遺憾，但她很快就放下了這件事。

「沒關係，反正還有其他小孩子。」

許多堂、表弟妹都會來爺爺家，總共有七個人，都是二歲到五歲的小孩，讀小學五年級的美湖最年長。

說實話，美湖往年和這些堂、表弟妹相處得並不愉快。照理

說，比起大人，小孩子應該更喜歡和自己年紀相近的對象在一起，但是這些小孩都不喜歡和美湖玩。

會有這種情況，八成是因為美湖覺得「我是姐姐，要好好照顧這些弟弟妹妹」，結果太過賣力反倒出現了反效果。她就像大人一樣，開口閉口就對那些小孩說「不可以做這個、不可以做那個」，難怪那些小孩會不喜歡她。

「我討厭美湖。」

「美湖一點都不好玩，我不想和她一起玩。」

去年那些小孩說的話，至今仍然像刺一樣留在美湖的心裡。

但是……

「今年絕對沒問題。」

美湖一邊說一邊把手伸進口袋。她的口袋裡裝滿一顆一顆的東西，她一摸到那些東西，忍不住露出了笑容。

「因為我有『親近堅果』。」

美湖回想起自己買到「親近堅果」的過程。

放寒假前，美湖拿出所有的零用錢，打算去買很多零食，送給過年時會遇到的弟弟、妹妹。

去年那幾個小孩說：「我討厭美湖。」這句話對她造成了很大的打擊。美湖認為只要送他們零食，或許他們就願意和自己親近了。

雖然這樣做有點浪費錢，但是她不希望那些小孩一直討厭她。

她這麼做，可以說是為了爭一口氣。不知道是不是因為她一心只想著這件事，美湖走去超市時竟然走錯了路。

「這裡是哪裡？」

當她回過神時，發現自己走進了一條昏暗的小巷子，兩邊都是灰色的建築物，只能看到一小片天空。

她繼續向前走，想要走出這條巷子，沒想到卻在小巷的深處發

現了一家柑仔店。

這家店雖然開在完全沒有人的小巷內，店裡的零食卻令人難以置信的充滿吸引力。

「太棒了。」美湖很興奮，如果把那些小孩帶來這裡，他們一定會很高興。

美湖走進柑仔店，打量店裡的商品，思考著該買什麼東西。

裝滿大瓶子的「貓眼糖」，看起來像寶石的「珠寶果凍」，還有「奇蹟牛奶糖」、「冒號馬卡龍」、「貘貘最中餅」、「幫手餅乾」、「醫生汽水糖套組」。

店裡堆滿各種吸引人的零食，但是沒有一款零食讓她想要占為己有，湧現「就是這個！」的想法。

她悶悶不樂的繼續尋找，這時，店內深處出現了一個高大的身影。

那是一位身材很高大的阿姨，她穿著彷彿歷史劇中會出現的古錢幣圖案紫紅色和服，頭髮上插著五顏六色的髮簪。她的頭髮比任何一個老奶奶都還要白，但是皮膚光滑、臉頰豐腴，紅色的嘴唇露出了不可思議的笑容。

「歡迎光臨，幸運的客人。」阿姨用愉快的聲音說。

「歡迎你來到『錢天堂』。」

「你、你好。」

「你好，你有沒有什麼想要的東西？還是要我幫你找呢？我是老闆娘紅子，一定可以為你找到能滿足你心願的商品。」

阿姨說的話很不可思議，但是她的聲音打動了美湖的心。

「想要的東西，能滿足心願的商品……」

當她回過神時，才發現自己情不自禁的說：

「我希望小孩子能和我親近。我以後想當幼稚園老師，我不想要小孩一看到我就哭，或是說討厭我。」

「原來如此，那你覺得這件商品怎麼樣？」

阿姨彎下身體，從貨架下方拿出某個東西。

「這是『親近堅果』。它的效果非常出色，我認為很適合你，你覺得呢？」

阿姨遞給她一個透明的小塑膠袋，裡面裝滿了心形的堅果，而且堅果外頭都裹著桃紅色的砂糖，發出了淡淡的溫暖光芒。塑膠袋的袋口用金色緞帶綁了起來，緞帶上有一張小卡片，上面寫著「親近堅果」。

美湖立刻被「親近堅果」打動了。

「就是這個！我只要這個，這才是我真正想要的！我必須買下它！」

美湖這麼想著，然後不顧一切的大喊：

「我要買！我要買！」

「我要買！我要買、我要買！」

『親近堅果』的價格是五十元。

自己這麼渴望的東西，竟然只要五十元就能買到了！

美湖難掩喜悅的拿出過年紅包的一千元，但是阿姨並沒有收下。

「很抱歉，請你用五十元硬幣支付，你一定有昭和六十年的五十元硬幣。」

阿姨充滿自信的這麼對她說。美湖在錢包內找了一下，果然有

一枚五十元硬幣，而且剛好是昭和六十年的。

「你、你怎麼知道我有？」

「因為這是今天的寶物。沒有今天的寶物的人，不可能來到『錢

天堂』。」

「我聽不太懂。」

美湖有點不知所措，但還是把五十元硬幣交給了眼前的阿姨。

阿姨用力點了點頭。

「好，我收下了，謝謝你。『親近堅果』是你的了。」

「謝、謝謝！」

「對了對了，你在吃堅果之前，要仔細看一下緞帶上卡片所寫的內容，不然可能會造成嚴重的後果。」

「嚴重的後果？」

「呵呵，總之請你一定要記得看卡片，知道嗎？」

「嗯……」

於是，美湖買到「親近堅果」，就這樣走出了柑仔店。

剛才她在小巷迷路了很久，沒想到現在一下子就找到了出口，順利回到熟悉的街道。

「沒問題，馬上就可以到家了。」

美湖鬆了一口氣，決定馬上看看「親近堅果」的卡片上寫了什麼內容。她等不及了，不想等到回家再看。

如果你希望小孩和動物都願意親近自己，向你推薦這款「親近堅果」。首先，請把袋子裡唯一一個紅色的心形堅果吃下去，然後再把一顆粉紅色心形堅果給你想要親近的對象吃。只要這麼做，你的心願就會實現。但是，吃了紅色堅果之後，千萬不能再吃粉紅色堅果。

「原來是這樣！所以剛才那個阿姨，才會提醒我要先看卡片的內

容。」

好險、好險，幸好自己先看了卡片的內容。

美湖暗自鬆了一口氣，打開袋子看著裡頭的堅果。

找到了，有一顆紅色心形堅果，它比其他的堅果大上兩倍。

她把那顆堅果拿出來，放進了嘴裡。

「好好吃！」

裹了砂糖的外皮甜蜜得令人陶醉，裡面的堅果很脆，有杏仁的香氣。她咀嚼著，感覺有種溫暖有力的感覺在全身擴散，這一定就是魔法的力量。

她一轉眼就把紅色心形堅果吃完了，忍不住打量起剩下的「親近堅果」。因為實在太好吃了，她很想要再吃粉紅色的堅果。

「呃，不行！美湖你要忍耐！」

美湖這麼告訴自己，走在回家的路上。

隔天，在學校下課的休息時間，她走向一群在操場上玩的一年級學生。她看到上學時和她同一個路隊的孩子，說著「我給你們吃東西」，然後偷偷把帶到學校的粉紅色心形堅果給他們吃。

親近堅果的效果非常出色，所有吃了堅果的孩子都雙眼發亮，說著：「我想和美湖學姐一起玩！」並且主動親近她。

美湖高興得不得了，覺得這真是太好了。她原本還不太相信，

沒想到「親近堅果」真的有效。

那天之後，美湖就很期待新年的到來。在這個新的一年，一定

要好好利用「親近堅果」。

她發現親戚的孩子似乎為了搶玩具在爭吵，每個人都放聲大

哭，發出尖銳的哭鬧聲。

因為實在太吵了，一旁的大人都摀起了耳朵。

「哇，真是受不了！」

「啊，太可怕了。」

「喂！你們不要吵了！」

「你們鬧夠了沒有！」

就連大人罵人的聲音，也被孩子們的吵鬧聲淹沒了。

這時，美湖大聲的說：

「想要吃點心的人過來這裡！」

那群小孩立刻來到美湖面前。雖然有人還流著鼻涕，有人眼睛

和臉都漲得通紅，但他們都想要吃零食。

美湖給他們每個人一顆粉紅色堅果。

「好吃！」

「太讚了！」

「我還要！」

那幾個小孩央求著，但美湖語氣堅定的說：

「不行，每個人只能吃一顆，而且不可以吵，也不可以吵架。」

孩子們注視著美湖，她的心情也很緊張。

結果會怎麼樣呢？她剛才連續說了好幾次小孩子最討厭的「不行」、「不可以」，不知道他們會說什麼？孩子們會生氣的說「好討厭，美湖好壞」嗎？但是只要「親近堅果」發揮威力，他們一定會和美湖親近起來。拜託，希望「親近堅果」趕快發揮效果！

這幾個小孩彷彿看透了美湖的內心，同時笑了出來。

「知道了。」

「既然美湖這麼說，那我們就不要吵架了。」

「美湖，抱我。」

「我也要，我也要！」

「我也要抱抱！」

那幾個小孩就像小狗一樣圍住了美湖。

「陪我玩。」

「我要抱抱。」

「我好喜歡你。」

他們說著這些話，圍著美湖打轉。

美湖的心情非常舒暢，她終於擺脫了去年體會到的那種不愉快心情。現在唯一的遺憾就是小愛，因為小愛還是小嬰兒，沒辦法給她吃堅果，所以無法讓她親近自己。

大人看到這群小孩一下子和美湖這麼親近，個個都目瞪口呆。

「等明年再給她吃好了，呵呵呵。」

「美湖，你真是太厲害了。」

「你們什麼時候感情變這麼好了？」

「嘿嘿嘿，還好啦。」

美湖笑著掩飾，偷偷把「親近堅果」藏進口袋裡，因為她不打算把「親近堅果」的事告訴任何人。

在那之後，孩子們還是一直圍著美湖打轉，每個孩子都不想離開她的身旁。只要美湖說「安靜一點」，他們就像人偶一樣安靜下來；美湖說「我們來畫畫」，他們就一直畫畫。總之，他們很聽美湖的話。美湖很高興，高興到連年菜都忘了吃，一直陪他們玩。

「美湖簡直就是一流的保姆。」

大人對美湖佩服不已，甚至有人給她巧克力作為獎賞。

美湖很得意，挺著胸膛說：

「我會照顧這些小孩，你們可以去買菜，剛才不是說還有什麼食材沒有買齊嗎？」

「可以嗎？那我們就出門囉？」

「要買啤酒和下酒菜，還有煮鹹粥的麻糬也不夠了。」

「但是把這麼多小孩留下來沒問題嗎？」

「他們很聽美湖的話，也很安靜，應該沒有問題。而且那些男人也都在家裡。」

「那幾個男人都喝醉酒在睡覺……不過我們很快就會回來了，應

該沒問題。美湖，那就拜託你了。」

「交給我吧，但是你們要把小愛帶出去喔。」

媽媽、阿姨和嬸嬸都點著頭說：「那當然啊，小愛年紀還小，要和媽媽在一起才行。」美湖提醒她們。

「你們要乖喔。」

「那我們就出門囉。」

媽媽們坐上一輛大型休旅車，一起出門了。

原本在聊天的大人一出門，家裡瞬間安靜了下來。突然的安靜

讓那些孩子露出不安的表情，因為他們的媽媽都出門了，所以感覺

更加浮躁。

其中一個孩子哭喪著臉，其他孩子也跟著哭了起來。

美湖急忙說：「不可以哭！」

瞬間所有孩子都不哭了。

啊，幸好有給他們吃「親近堅果」。

美湖對這一點深感慶幸，思考著自己接下來該怎麼辦。在家裡玩有點膩，要不要到院子裡去呢？這幾個孩子一定會很高興。

爸爸和叔叔他們都喝醉酒躺在和室休息，所以美湖沒有告訴任何一個大人，就自己帶著幾個小孩子出了門。

冬日的天空一片蔚藍，空氣也很冷冽，但是孩子們全都活力充沛。如果是平時，他們一定會馬上跑向不同的方向，但是只要美湖對他們說：「不要離開我身邊。」他們就會順從的聽她指揮。

「很好很好，你們都很乖。」

美湖心滿意足的點了點頭，忍不住思考起來。

這個院子很大，要不要玩鬼抓人的遊戲？還是玩躲貓貓呢？

美湖正在思考的時候，三歲的真之介叫了她：

「美湖……」

「嗯？怎麼了？」

「那是什麼?」

真之介指著院子深處的大倉庫。大倉庫有著磚瓦屋頂,還有看起來很牢固的門。

「那是倉庫,很久很久以前就有了。」

「為什麼會有倉庫?」

「奶奶以前說過,倉庫可以堆放各種不同的東西。」

奶奶說,倉庫很大,裡頭放了很多東西,但是很危險,所以不能進去。

這時,美湖發現倉庫的門竟然打開了一條縫。明明那道門平時

都關著，而且還會上鎖。

不知道倉庫裡有什麼東西？

美湖突然有了想去探險的念頭。

「裡面可能會有寶藏，想不想進去看看？」

「我想進去看看！」

「我想進去！我要尋找寶藏！」

幾個小孩頓時歡呼起來。

好，如果被大人發現，挨罵的時候就說：「因為他們拜託我進

去看看，我也沒辦法。」

美湖想好了藉口，於是帶著大家走向倉庫。

倉庫的門很重，美湖用盡渾身的力氣用力拉，好不容易才拉開一條可以讓小孩子擠進去的縫。

「好。」

「呼！這樣就行了，大家排隊進去吧。」

最後一個孩子從門縫鑽進去之後，美湖也進入了倉庫。

她第一次踏進倉庫，裡面黑漆漆的，唯一的光源只有從門縫照進來的微弱日光，周圍一片昏暗。

不過睜大眼睛仔細看的話，可以隱約看到堆放在一起的東西。

有箱子，還有看起來很舊的工具和機械，它們身上積著灰塵在倉庫內沉睡，散發出一種古老的味道。

「寶物在哪裡？」

「哇，好暗。」

「美湖，我可以去找嗎？」

「好啊，但是要小心不要打破東西喔。」

孩子們興奮的從美湖身邊離開時——

「砰！」

一聲巨響過後，倉庫內頓時變得一片漆黑。倉庫的門關上了。

美湖急忙跑向大門。她摸到門把後用力拉、用力推，門卻絲毫沒有移動，好像是門在關上的同時，門鎖自動鎖上了。

「怎麼辦？」美湖害怕起來。「那幾個孩子呢？他們在哪裡？」

「你們在嗎？沒事吧？」

她對著黑暗大叫，接著四周傳來小聲的回答：

「在啊。」

「沒事。」

「但是什麼都看不到。」

「美湖，你在哪裡？」

大家的聲音聽起來很不安，但是沒有人哭，應該是美湖剛才對

他們說「不可以哭」的關係。

美湖再度體會到「親近堅果」的驚人效果。如果小孩子哭了，

她應該會更加手忙腳亂。

「你們留在原地不要動，我去你們那裡。颯太，你在哪裡？」

「我在這裡，在這邊。」

美湖在伸手不見五指的倉庫內摸索，找到了每一個孩子，讓他

們集中在自己的身旁。

最後，她終於找到了所有的人。

「別擔心，我們很快就可以出去了，所以不要害怕。知道嗎？不要害怕。」

美湖讓這幾個孩子鎮定下來之後，再度試著開門。她用力敲門，大聲喊著：「快來啊！快來救我們！」但是她的叫聲在倉庫內迴盪，完全沒辦法傳出去。

美湖了解到一件事，只靠自己一個人的聲音太小了。

「大家一起大聲喊，一起叫救命啊！」

美湖一聲令下，幾個孩子便紛紛喊出「救命！」但是他們的聲音很無力，聽起來不像在認真呼救，只是因為美湖這麼說，所以才

聽令發出聲音。

為什麼會這樣？剛才他們吵架的時候，不是叫得很大聲嗎？

這時，美湖驚覺到一件事，這該不會也是「親近堅果」的作用吧？原本「親近堅果」是要讓小孩親近自己，但是也可能同時具有讓孩子無法大叫或哭喊的效果。

也就是說，只要他們和美湖在一起，就無法發出能讓倉庫外面的人聽到的尖叫聲和哭喊聲。現在的情況就是這樣。

「糟糕，這下子真的慘了。」

要是不快點離開倉庫，大人會很擔心的。最重要的是，倉庫內

沒有空調也沒有暖氣機，到了晚上，大家一定會凍僵。得想辦法大叫，讓外面的人聽到才行。

但是，萬一外面的大人沒有發現呢？如果連續好幾天都被關在這裡怎麼辦？「啊啊，好可怕，可是我要堅強一點才行。」美湖心想。

這時，有人小聲的說：

「我肚子餓了……」

其他人聽到這句話，紛紛叫了起來。

「我也是。」

「我也餓了！而且還很渴！」

「我想吃東西……」

聽到孩子們這麼說，美湖也突然餓了起來。仔細一想，她根本沒有吃年菜，難怪肚子會餓。

她原本想對他們說「要忍耐」，但是最後並沒有說出來。

這幾個孩子已經很忍耐了，他們忍耐著沒有哭，忍耐著內心的害怕，如果還要他們忍耐飢餓，未免太可憐了。

美湖把手伸進口袋，拿出「親近堅果」的袋子。袋子裡還有心形的堅果，雖然沒辦法填飽肚子，但有吃總比沒吃好。

「我分堅果給你們吃，就是你們剛才吃過的零食。」

「太好了，我要吃！」

「我也想吃！」

美湖在黑暗中，依序把堅果放進小孩的嘴裡。

分了三次之後，袋子已經空空如也。

這時，健一握住了美湖的手。

「美湖姐姐，這個給你。」

健一說完，把一顆小堅果放在美湖的手上。

「你給我們吃堅果，但是自己都沒吃吧？這是最後一顆，我不要

吃了，你吃吧。」

「小健……謝謝，你好善良。」

健一的貼心讓美湖很高興，她把最後一顆心形堅果放進了嘴裡。上次吃的那顆堅果有杏仁的味道，這次的堅果則是核桃般醇厚的風味。

正當她想要好好品嚐這種美味的時候，突然聽到了可怕的尖叫聲。

「哇啊啊啊！」

「好可怕！」

「這裡好黑，好討厭！討厭、討厭！」

「讓我出去！讓我從這裡出去！」

「媽媽！」

所有孩子同時哭了起來。不對，不只是哭這麼簡單，他們個個都聲嘶力竭的尖叫。

因為事情發生得太過突然，美湖也陷入了恐慌。

「不會吧！這、這是怎麼回事？大、大家安靜，不要哭，不可以

哭！」

「為什麼？怎麼會這樣？為什麼大家都不聽我的話？」

但是無論她說了多少次「不可以」，那幾個小孩仍然哭個不停。

美湖對眼前的狀況完全摸不著頭緒，在她緊張慌亂的時候，孩

子們越哭越大聲，她的耳朵都痛了起來。再這樣下去，耳膜都快被

他們震破了。

美湖無可奈何，只好摀著耳朵蹲了下去，所以也沒有聽到大人

在倉庫外說話的聲音。

「喂，他們好像在這裡！」

「是那些孩子！」

「不好了！他們在倉庫裡！」

後來，所有孩子都被順利救了出去。

美湖當然也被臭罵了一頓。

「早就跟你說過倉庫很危險不可以進去，你竟然還帶著那些小孩一起去，到底是怎麼回事？你都已經小學五年級了，還搞不清楚什麼事該做，什麼事不該做嗎？」

被大人罵得狗血淋頭已經夠痛苦了，但還有讓她更難受的事。

那幾個小孩離開倉庫後，都不願意正眼看她，一看到美湖就躲到父母身後。

不知道他們是因為遇到危險，所以在心裡埋怨美湖，還是「親近堅果」的效果消失了。

總之，這件事對美湖造成了很大的打擊。而且「被關在倉庫內的小孩順利獲救」這件事，還吸引了地方新聞的記者上門採訪。那個有點年紀的男人看起來不像記者，更像是大飯店的總經理。

美湖羞愧得臉頰發燙。自己的失敗要被登在報紙上，簡直是太丟臉了。

在接受記者採訪的時候，她一直低著頭。

「啊嗚，嗚嗚啊⋯⋯」

聽到那小小的聲音，美湖終於抬起了頭。

因為有記者上門採訪，所以那些好奇的大人都擠在和室看熱

鬧。沙織姐姐也在那裡，沙織姐姐抱著小愛，小愛正對著美湖露出笑容。

小愛天使般的笑容就像陽光照耀在美湖身上，讓她整個心都溫暖了起來。

「搞什麼嘛，原來不吃『親近堅果』也沒問題。」

聽到美湖小聲的嘀咕，記者立刻追問。

「你說的『親近堅果』是什麼？」

「那是有魔法的零食。」

美湖緩緩說出事情的經過，但周圍的大人都插嘴說：「太荒唐

了，怎麼可能會有這種事？」只有記者認真專心的聽她說話。

「原來是這樣，所以你是靠『親近堅果』的力量，讓小孩子願意親近你嗎？」

「但是這種能力突然消失了。我們被關在倉庫之後，所有的孩子都哭了起來，即使我說不可以哭，他們也不聽我的話。」

「你在倉庫裡，有沒有做什麼特別的事？有沒有做任何和『親近堅果』有關的事？」

「啊！」

美湖想起來了，她在倉庫內吃了「親近堅果」。那張卡片上明

明寫著「吃了紅色堅果之後，千萬不能再吃粉紅色堅果」，但是在當時的狀況下，她竟然忘了這件事，吃了粉紅色堅果。

聽完美湖的敘述，記者點著頭說：「一定就是這個原因造成的。」他的臉上露出了滿意的表情。

「原來是這樣，因為你沒有遵守注意事項，所以『親近堅果』的效果就消失了。哎呀哎呀，謝謝你告訴我這麼有趣的事。那麼，我差不多該告辭了。」

美湖的媽媽好奇的問站起來的記者：

「請問這篇報導什麼時候會上報？」

「這個嘛，我要和主編討論一下，如果主編同意就可以刊登了。

但是也有可能不會刊登，因為一旦發生重大事件或意外，就必須優先刊登那些新聞，這點還請你們多包涵。那我就告辭了。」

記者說完便走了出去，坐上停在門口那輛車子的後座。駕駛座上的年輕女人，在他上車後立刻把車子開了出去。

女人在開車時，從後視鏡看著男人問：

「情況怎麼樣？」

「嗯，詳細了解到很多情況。看來不遵守禁止事項，的確會發生副作用。呵呵呵，那些孩子進去倉庫後，把門關上是正確的行動。」

「真的很巧，他們剛好走進了倉庫。」

「你別傻了，是我引誘他們走進去的。我事先把倉庫的門打開一條縫，小孩子看到平時關著的門打開了，一定會想要進去看看。」

「原來是這樣。教授，你真了解小孩子的心理，太了不起了。」

女人笑了起來。

鳴谷美湖，十一歲的女孩。昭和六十年的五十元硬幣。

# 番外篇　神祕的計畫

一群身穿白衣的人聚集在白色的房間內，所有人都專注的看著一個男人。

那個男人正在看像是報告之類的東西，最後抬起了頭，用力點著頭說：

「嗯，各位，感謝你們蒐集到這麼多線索，這些資料和我調查到的案例大致上都相同……有關『錢天堂』的資料已經很充足了。」

「六條教授，計畫終於要開始了嗎？」

「對，我們要進入計畫的第二階段，開始著手準備。」

「是！」

「教授，這真是令人期待啊！」

「是啊，太期待了，嘿嘿嘿。」

男人發出了可怕的笑聲。

6月1日 陰天

主人的肚子已經完

全沒問題了，所以今天

終於開店了喵。不知道

今天會有什麼樣的客人

上門喵。

7月25日 晴天

今天也熱得讓人受

不了喵。主人和工房長

正在思考推出「納涼軟

糖」、「冰涼涼水羊羹」

等新商品喵。

8月13日 下雨

下雨了，天氣變得很悶喵。主人把「淋不溼仙貝」放在店裡喵。

這個商品在梅雨季應該會賣得不錯喵。

10月2日　晴天

好像有人在打「錢
天堂」的主意，我的
鬍鬚一直不停的抖動。

我和主人會好好保護
這家店，避免發生不
好的事喵。

# 樂讀456

082

神奇柑仔店 12

# 神祕人與駱駝輕鬆符

作　　者｜廣嶋玲子
插　　圖｜jyajya
譯　　者｜王蘊潔

責任編輯｜楊琇珊
特約編輯｜葉依慈
封面設計｜蕭雅慧
電腦排版｜中原造像股份有限公司
行銷企劃｜陳詩茵、劉盈萱

天下雜誌群創辦人｜殷允芃
董事長兼執行長｜何琦瑜
媒體暨產品事業群
總經理｜游玉雪
副總經理｜林彥傑
總編輯｜林欣靜
行銷總監｜林育菁
副總監｜李幼婷
版權主任｜何晨瑋、黃微真

出 版 者｜親子天下股份有限公司
地　　址｜台北市 104 建國北路一段 96 號 4 樓
電　　話｜（02）2509-2800　傳真｜（02）2509-2462
網　　址｜www.parenting.com.tw
讀者服務專線｜（02）2662-0332　週一～週五：09:00~17:30
讀者服務傳真｜（02）2662-6048
客服信箱｜parenting@cw.com.tw
法律顧問｜台英國際商務法律事務所・羅明通律師
製版印刷｜中原造像股份有限公司
總 經 銷｜大和圖書有限公司　電話：（02）8990-2588

出版日期｜2022 年 1 月第一版第一次印行
　　　　　2024 年 10 月第一版第二十一次印行
定　　價｜300 元
書　　號｜BKKCJ082P
ISBN｜978-626-305-143-0（平裝）

訂購服務
親子天下 Shopping｜shopping.parenting.com.tw
海外・大量訂購｜parenting@cw.com.tw
書香花園｜台北市建國北路二段 6 巷 11 號　電話（02）2506-1635
劃撥帳號｜50331356　親子天下股份有限公司

國家圖書館出版品預行編目資料

神祕柑仔店 12：神祕人與駱駝輕鬆符／廣嶋玲
子 文；jyajya 圖；王蘊潔 譯 . -- 第一版 . -- 臺北
市：親子天下股份有限公司，2022.01
232 面；17X21 公分 . --（樂讀 456 系列；82）
注音版
ISBN 978-626-305-143-0（平裝）

861.596　　　　　　　　　　　　110020789

Fushigi Dagashiya Zenitendô 12
Text copyright © 2019 by Reiko Hiroshima
Illustrations copyright © 2019 by jyajya
First published in Japan in 2019 by KAISEI-SHA Publishing Co.,
Ltd., Tokyo
Traditional Chinese translation rights arranged with KAISEI-SHA
Publishing Co., Ltd.
through Japan Foreign-Rights Centre/Bardon-Chinese Media
Agency

立即購買 >